中学生核心素养读本

我圆大学梦

刘 伟 ◎ 主编

江苏凤凰美术出版社
全国百佳图书出版单位

图书在版编目（CIP）数据

我圆大学梦 / 刘伟主编. — 南京：江苏凤凰美术
出版社，2020.12
　ISBN 978-7-5580-8187-3

　Ⅰ.①我… Ⅱ.①刘… Ⅲ.①纪实文学—作品集—中
国—当代 Ⅳ.①I25

中国版本图书馆CIP数据核字（2021）第000287号

责任编辑　郝　旭
封面设计　言之凿
责任印制　唐　虎

书　　名	我圆大学梦
作　　者	刘　伟
出版发行	江苏凤凰美术出版社（南京市中央路165号 邮编：210009）
	北京凤凰千高原文化传播有限公司
出版社网址	http://www.jsmscbs.com.cn
印　　刷	北京政采印刷服务有限公司
开　　本	710mm×1000mm　1/16
印　　张	10.5
版　　次	2022年6月第1版　2022年6月第1次印刷
标准书号	ISBN 978-7-5580-8187-3
定　　价	45.00元

营销部电话　010-64215835-801
江苏凤凰美术出版社图书凡印装错误可向承印厂调换　电话：010-64215835-801

编 委 会

前言

　　"大学"是一个多么美妙的词语。那里有浩瀚如海的知识，那里有沉淀厚重的人文氛围，那里有闪现灵感火花的科研土壤，那里有学富五车的名家大师，那里有来自五湖四海、世界各地的同窗挚友，那里有太多美妙的人生邂逅，那里才是梦想真正照进现实的地方。

　　大学是神圣的殿堂，让无数青年学子矢志不渝、心向神往。孩子们从小到大十几年求学，不懈奋斗的目标就是神圣的大学。只有经过数年寒窗苦读、过水与火的洗礼、踏实掌握丰富的学科知识才能过五关斩六将地叩响大学的殿门。海纳百川，优秀学子荟萃云集在大学的殿堂继续实现人生的梦想。"江山如此多娇，引无数英雄竞折腰"，不只是青年学生，就连六旬老翁都"衣带渐宽终不悔，为伊消得人憔悴"，坚持不懈常年参加高考。这类励志故事时常见诸报端，激励着无数青年学生继往开来、不懈奋斗。

　　大学梦是中国梦的一部分，是个人梦想与国家、民族命运紧密相连的纽带，是圣洁的梦想，是崇高的人生追求，是新时期爱国主义和践行社会主义核心价值观的具体表现。习近平总书记在2014年9月9日同北京师范大学师生代表座谈时说道："好老师应该做中国特色社会主义共同理想和中华民族伟大复兴中国梦的积极传播者，帮助学生筑梦、追梦、圆梦，让一代又一代年轻人都成为实现我们民族梦想的正能量。"我们的使命就是帮助学生培育梦想、编织梦想、实现梦想。

　　纵观卓有成就的杰出人才，大都读过大学、受过良好的高等教育。例如，诺贝尔生理学或医学奖获得者屠呦呦毕业于北京医学院，诺贝尔物理学奖得主杨振宁先生毕业于西南联大，诺贝尔文学奖获得者莫言毕业于解放军艺术学院文学系，著名导演张艺谋毕业于北京电影学院摄影系，著名歌唱家阎维文毕业于中国音乐学院，中国首富阿里巴巴董事局前任主席马云先生毕业于杭州师范大学，腾讯公司董事会主席马化腾毕业于深圳大学，恒大集团董事局主席许家印毕业于武汉钢铁学院⋯⋯诸如此类，不胜枚举。

时过境迁，今非昔比，如今考大学远非20世纪七八十年代百里挑一、九十年代十里挑一那样难如登天，但轻而易举、随随便便就读大学也是不可能的事，读重点大学更是需要艰苦卓绝的付出。青年学生依然需要艰苦奋斗、顽强拼搏、孜孜不倦、锲而不舍。这个时候得到教师的指点和帮助尤为重要。习总书记在同北京师范大学师生代表座谈时还说道："广大教师要用好课堂讲坛，用好校园阵地，用自己的学识、阅历、经验点燃学生对真善美的向往，引领学生健康成长。"因此，作为一位教师，笔者身体力行通过自己的学习经历和经验抛砖引玉，以期给正在成长道路上前进的孩子们一点指引与借鉴，只要对一个孩子的成长有所帮助，就觉得无限欣慰。

这本书里收集了来自各行各业精英的佳作，他们以自己的成长经历和考取大学的奋斗历程为基础从不同的角度诠释了大学梦的真谛与魅力。从宏观上来讲，本书教诲孩子们树立正确的人生价值观，把个人的追求与国家的命运紧紧相连，树立坚定的理想信念，追求崇高的人生目标，发扬美德，诚信友善，懂得感恩，艰苦奋斗。从微观上来讲，本书贯穿着学法技法指导，体现着经验交流，帮助孩子解决学习过程中遇到的共性和个性的诸多问题。所以说，这是一本学法指导的书，是一本励志教育的书，更是一本思想导师的书。

在此感谢所有应邀写稿的朋友和学生，感谢你们的真诚分享，感谢你们对孩子们无私的帮助，你们的亲历见证与肺腑之言，都将为孩子们的成长倾注无限的力量，都将为中学教育做出巨大贡献！

刘 伟

2019年12月6日

目 录

第三篇　大学教师篇 \ 113

第四篇　公务员篇 \ 135

第一篇　在校大学生篇

有梦最美

深圳大学法学院　王晨晨

【作者简介】

王晨晨，教苑中学2008届毕业，以优异的成绩考入深圳大学法学院。热爱读书，喜欢思考，擅长写作，曾获深圳市中学生现场作文大赛一等奖。王晨晨热爱母校、热爱班级，非常尊重教师和团结同学，是大家公认的好孩子。

"却顾所来径，苍苍横翠薇。"没有别的诗更能表达我此时的心境了，蓦然回首时才发现我们的青春已经走过一段路程。诚然人生的每个阶段都有各自的使命与任务，如此说来我们的三年高中生活已画上完满的句号，紧迫的高考压力也早已放下，高中生活的种种已化作回忆。然而，对于无数即将面临高考的高中学子来说，他们在经历着高考，或者即将经历高考，有的人或许无比紧张，有的人或许依然一身轻松，更或许痛并快乐着，但无法改变的是，无论结果如何，都注定会改变你的一生。

作为一名特区大学生，我刚经历完高中三年，当然还有高考。慢慢回忆，一切似乎就在昨天，还记得教室中那铺天盖地的参考书，满满地摞在桌上，一张张疲惫的面容，以及让人头痛不已的各色试卷和无数的模拟考试。如今这一切都被吹散成记忆的碎片积淀成生命的沉湖，在经历过这种种后我们悄然长大。有人说，过去给我们的唯一意义，便是告诉我们不要再回到过去，但请相信经历过高考的你会更加成熟，你将经历紧张，经历巨大的压力。只愿我的种种所思、所想、所得、所悟，对你们的生活会有所帮助。

如果说一个人对于未来的憧憬和希冀，都是对当下现实的一种超越，那么回忆也会是一种美好的憧憬。不知不觉间，我的大学生活已经过去快一年了，而我仍怀着对高中生活微妙而逐渐模糊的回忆，或许我早该回忆，早该整理心情，并及时将自己的一些一闪而过的想法写下，给仍在高中的你们一些启示、一些思索。只是我常推托我仍会有更新、更多的想法，所以直到现在才动笔，谁知动笔后才知每一笔都是几世几劫的起灭，每一画都有万水千山的迟疑。梦越久越真，路越走越远，我们的心没有回程。

首先，要有长远目标并为之奋斗。我不想老生常谈地为大家痛陈学习及高考的利弊，及鼓励大家去学习，因为我相信，作为一个高中生，大家有基本的思考能力。我们不能只将眼光聚焦在现在，或者聚焦在某一段时间。因为这样久了，我们便会变得很狭隘、很痛苦，常常为了一些小小的遗憾而懊恼不已。但相反，如果我们对自己的人生有了一种长远展望，或者对自己的生活有所追求，无论是碌碌无为还是兢兢业业，无论是忙碌无所得还是为生活付出并享受生活，我们都会坦然面对，我想只有首先明白了这一点，才能真正明白学习的意义，也就明白了学习之于人生的意义。著名作家柳青有一句名言，当然这句话也常常出现在高三学生板报上，那就是："人生的道路虽然漫长，但紧要处却仅仅只有几步，特别是当人年轻的时候。"这句话说得很好，特别是由一位老人说出来时，更是意味深长。或许他们在说这句话时，充满了自豪或充满了悔恨，或充满了淡淡的遗憾。在大学校园内，每到春夏之初便是大四学生毕业的时候。校报、校刊常常在这时大篇幅地采访着那些即将毕业而走上社会的莘莘学子。无独有偶，他们在展望了自己的未来后，不约而同地讲到了自己经历过的一件件后悔的事情，如读的书太少、把大量的时间花在打游戏上等。听得多了，我就在想，他们为什么会后悔？难道他们在不读书的嬉戏时间里、在玩游戏的搏杀中所获取的快乐，不足以填补他们的悔意吗？后来一想，发现这一切只因为，逃避生活所带来的快乐是暂时的，而悔恨却是终身的。人最怕后悔。如果我们尽力做了我们该做的，那么便不会后悔。相反我们如果没有尽力，或者本应做到更好而没有做到，或者我们没有完成属于现阶段自己的任务，那么人就免不了后悔。试想，自己是否曾经有过类似的经历，或者是高考之后如何承担起那份压力。如果这样思考，我相信你们定会有所收获。

其次，要规划我们的学习。一旦你明白了以上的道理，那么基本上你已决定去改变，决心完成青春所赋予你的使命，去完成自己的现阶段任务——学习与高考。然而，如何具体规划我们的学习和生活，针对过去的学习经验及所经历的误区，我只想谈两点，在此我用两个成语去概括：第一个成语是过犹不及。这也是我见过的高三学生最普遍的误区，即只要是有关学习的活动，多多益善。于是很多人选择了挑灯夜战，有的人"慷慨"地占用了午休时间、吃饭时间、锻炼时间，没日没夜地做题、订课本。殊不知这样做，久而久之，成绩不升反降，有的甚至一落千丈，有的同学更由此产生了一种认为一切不公的想法，产生厌学情绪，将学习成绩差归咎于种种原因，于是自己就化身为应试教育体制下的牺牲品及苦大仇深的形象，形成了一种心理上的扭曲和排斥感、厌恶感。对此，我想起了近代的一位大儒梁漱溟先生的著名哲学观点，即人生必须处理好三种基本关系：一是人与内心的关系，二是人与人的关系，三是人与社会的关系。前面提到的例子，就属于第一种——人与内心的关系，正是这种关系处理不当，使人产生了焦虑，并导致在学习上事倍功半的效果。盲目地为了做题而做题、为了背书而背书，全然不顾及自己内心的真实想法和内心的接受能力，导致人陷入一种盲目的被动状态，常常心不在焉，自以为做了很多，但其实什么都没做，什么都没做好，反而把学习的关键关系弄得一团糟。西方哲人的一句话或许很值得思考——人的大脑不是用来填充的，而是用来点亮的。第二个成语则是有的放矢。这个成语还有一个反义词是无的放矢。"的"，就是靶子，我们姑且理解为目标；"矢"，就是箭，我们可以理解为行动力。简言之，这个成语就是想告诉我们一个道理，任何行动都是基于一种目标，基于一种动机而言的。虽然大多数学子都明白这个浅显的道理，但在学习上却背道而驰。他们或许觉得制定目标浪费时间，不如多做点有用的事情；或者有的人就将目标制定得大而宽泛。如果目标成了虚无缥缈的东西，对你的行动根本不具备指导意义，那么这种目标也就没有意义了。相反，如果在学习上我们制定了短期的较为可行的目标，则会有良好的效用。明确的目标让你明白你要做什么，不仅提高了效率，还体现了自身价值，培养了自信力、成就感和毅力。因为它让你明白，通过努力你可以做好一件事，而且你要将它坚持下去。久而久之，无数的小目标成就了你人生的大目标。

再次，要有良好的精神气质。无论是高中课堂还是大学课堂，总能看到学生酣睡的身影，昏昏沉沉，精神萎靡。人同草木，精神状态就是一种生命的状态。大家应当有意识地引导一种积极向上的心态。我见过许多优秀的学子，他们无不有一种乐观、豁达、向上的积极态度，而这是我最为羡慕的，并引之为学习的目标。对于人生和学习上的挑战，他们总是用一种从容不迫的潇洒姿态去积极地应对，当然他们的结果也往往是令人羡慕的。中国有句古语："见贤思齐。"见到比你优秀的人，就去学习，并渴望学习他的优秀。你的身边或许从来不缺乏此类人，只是你没有发现而已。

最后，我想谈一个令我最感兴趣的话题——读书。记得有一位老师对我们说过这样一句话："不读书死。"当然这句话说得有些苛刻，但它也从侧面阐述了一个道理，即读书对于一个人成长的重要性。当然我们这里说的书不仅仅局限于课本，而是广泛的课外书籍。徜徉书海，那是一种完全不同的视角，那是一种完全不同的世界。或许有很多学生以枯燥、没时间为理由而拒绝。如果觉得枯燥，那么为什么不尝试着去读一些自己感兴趣的优秀书籍呢？在忙碌的学习和生活之余读一些有益的书籍，不仅使人放松，还让人在忙碌之余得到心灵的宁静。只有读过海伦·凯勒的《假如给我三天光明》，你才会真正理解生命的伟大，你才会真正理解她为什么告诉我们"Never take life for granted"及为什么她会有这样的对于世人的感慨"Most of us, however, take life for granted. We know that one day we must die, but usually we picture that day as far in the future. When we are in buoyant health, death is all but unimaginable. We seldom think of it. The days stretch out in an endless vista. So we go about our petty tasks. Hardly aware of our listless attitude life"；只有读过陀思妥耶夫斯基的《马拉佐夫兄弟》，你才会体谅到一种孤独的伟大；只有读了路遥的《平凡的世界》，你才会理解苦难之于生活的真正意义。总有一本书会让你感动，总有一种精神会让你为生命久久回味。

末了，我想说，少年追风，我们追梦，无论在何时都不要枯萎了脚下的梦。有梦最美，一生相随。祝愿高三学生们学习愉快，高考顺利！

【读后感】

《有梦最美》读后感

高三（10）班　陈卓苑

每个人都知道高考的重要性，因为它注定会改变一个人的一生，在某种程度上，它可以说是我们一个既美丽又痛苦的梦。

人的漫长的一生中总会有几个转折点，高考便是其中一个。如何度过高三？读了王晨晨《有梦最美》这篇文章，我明白了一个道理：试卷习题并不是最主要的，最主要的是对高三的态度。态度决定一切。当你时刻认识到，高三之于你，是你对自己的未来负责，很可能决定你将来是处于社会的上层、中层还是下层，你便不会再沉溺于其他而专注学习了。摆正了学习的态度，学习的计划也很重要。学习是一个不断重复、循序渐进的过程。在一遍遍的练习中，我们温故而知新；在一次次的反省中，我们掌握了知识点。当然，这一切都需要我们有健康的身体、清醒的头脑和良好的精神面貌去完成，毕竟身体是革命的本钱。

在一个有坚定意志的人面前，苦难只不过是一道门槛；在一个不屈服的人面前，艰辛只不过是一个跳梁小丑。只要我们愿意，没有什么可以阻挡一个有大学梦的学子；只要我们愿意，从现在开始，一切都还为时不晚。为了这个梦，我们要奋进、要拼搏，创造属于我们自己的辉煌！

我的求学路

中山大学政治与公共事务管理学院博士研究生　刘　剑

【作者简介】

　　刘剑，出生于山东孔孟之乡，自幼酷好读书，从小到大，群书相伴，在读书中生活，在生活中读书。正是这种对书超乎寻常的热爱，使他获得了渊博的知识，培养了敏捷的才思，成就了大学的梦想。

　　1982年6月，我出生于山东省陵县的一个小村落。这里流传着"桃仙子的传说"，曾经是"战国四大名将"之一廉颇的故里，"智圣"东方朔的家乡，"楷书四大家"之一、平原郡太守颜真卿抵抗安禄山叛乱的地方，颜真卿的真迹"东方朔画像赞"就保存在县博物馆里。这些历史典故是我小时候常常听大人们讲起的故事，给我的童年留下了深刻的印象。

　　我在读小学二年级的时候，离开了出生的村庄，跟随父母搬到了县城。我读小学时，读书很不用功。我读四年级时，在学校组织的"数学奥林匹克竞赛"选拔赛上仅仅考了10分。从那以后，学校组织的任何奥林匹克竞赛都没有我的份了。这对我来说是一件好事，因为我不用天天做题、考试，而是有时间读《故事大王》《童话大王》《成语故事》《365夜》《一千零一夜》等这些课外读物了。当时，我几乎把所有的零花钱都用来购买《故事大王》《童话大王》以及当时被称为"小人书"

的画册了。可以说，这些经历让我喜欢上了阅读，从而养成了良好的阅读习惯。

那时候的教育方式和现在的不一样，我的爸爸经常和老师说："孩子不听话就尽管打，就跟打自己的孩子一样。"有了家长的许可，老师体罚学生就更普遍了。当时常见的教育方式就是老师用教鞭打我们的手掌心。例如，作业或考试每做错一道题，就会被老师打一下手掌心。有时候老师打累了，就让我们自己用教鞭打自己的手掌心，如果自己打得轻了，老师会让我们再用力打一次，直到她满意为止（当时我所在的学校几乎没有男老师）。当时我的手掌心几乎天天都是红红的……那时候，我不懂得老师体罚学生是不对的，回到家里也不敢对家长说。在我读五、六年级的时候，班主任陈老师是我的一个邻居。她经常向我妈妈告状，说我学习不用功、上课讲话、做小动作，让我妈妈严加管教，等等。我记得很清楚，有一次，她在校长办公室里当着校长的面打我的耳光，甚至推得我打了好几个趔趄……幸运的是，我并没有因为这种教育方式而产生厌学的情绪；相反，我在按时完成作业的同时，把更多的时间用来寻找和阅读我喜欢的故事书和画册。《上下五千年》《小学生十万个为什么》《地球的演化》《生命的演化》曾经是我特别喜欢读的书。最后，我以全班第四名的成绩考上了全县最好的初中。

我读初中的时候，把更多的时间花在了阅读《世界五千年》《童话大王》《中学时代》《中学生博览》《故事会》等这样的课外读物上。为了让我更好地学习，年轻的班主任任命我为班长、物理课代表。当时，我负责组织班里字写得好的同学办学校和班级里的黑板报。现在我还记得放学后在夕阳中和同学一起写黑板报的情景。这些经历既提高了我的组织能力和协调能力，也增强了我的自信心。

初二时，我在朦胧中产生了对女孩子的好感。我经常和自己班的女孩子打打闹闹，甚至欺负她们，放学后送自己喜欢的女孩子回家。那时学校下午6点钟放学，我回到家的时候常常已经7点半以后了。其实，我骑单车最多只要20分钟就可以到家了。初三学期末开家长会的时候，班主任向我爸爸告状，说我"谈恋爱"。其实，那时候我根本不懂得什么是恋爱。爸爸教育我的方式很特别。他单独和我谈话，跟我说："别看你现在觉得初中的女同学挺好，等你读了高中就会觉得她们很普通；等你读了大学之后，就会觉得高中的女同学很普通了。"他的意思是说，我以后还有更多、更好的结识女孩子的机会，如果现在耽误了学习，就得不偿失了。

我当时听了他的话，停止了和那个女孩子的来往。在初三下半学期非常用功地学习，全力以赴地准备中考，最后以全班第九名的成绩考上了县里的一中。

我记得很清楚，我中考结束后，即1997年的那个暑假，我开始读小说《钢铁是怎样炼成的》。我当时被保尔·柯察金和冬妮娅的爱情故事深深地吸引了，花了一个通宵的时间读完了《钢铁是怎样炼成的》。从那以后，我喜欢上了读小说。高中期间，我读了《简·爱》《呼啸山庄》《少年维特之烦恼》《汤姆叔叔的小屋》《汤姆·索亚历险记》《红字》《老人与海》等欧美小说。另外，我自费订阅《杂文报》，购买《童话大王》《读者》《小小说》《微型小说选刊》等文学类杂志。正是由于对这些文学作品的喜爱，我的语文成绩特别好，但数学成绩比较差。

后来，由于父亲调动工作，我到了深圳读高中。我从一个内地的小县城来到了大城市读书，心中自然不够自信。这时候我发现了刘墉。刘墉的《萤窗小语》系列以及《超越自己》《创造自己》《肯定自己》中那些激励人心的短文让我树立了自信心。从此，我潜心于学习，备战高考，特别是补习数学和英语。我在2000年"3+X"的高考成绩中，英语成绩最好，数学成绩次之，恰恰是语文成绩由于发挥不好而考得最差。最终，我考上了第二志愿的深圳大学行政管理专业。

我刚刚读大学的时候，由于深圳大学不是重点大学，也不喜欢自己所学的行政管理专业，包括我在内的很多同学都在抱怨，说学校这里不好，那里也不行。在这种抱怨中，我们的大一生涯就这么结束了。后来，我的一位老师给我们讲了一位学姐的故事。她没有考上本科，读的是深圳大学办公自动化专业的大专。大专毕业前，她考上了深圳大学行政管理专业本科。她本科毕业的时候，考上了中山大学政治学专业的硕士研究生。她在中山大学读书的时候，去了南京大学中美文化中心学习了一年。她硕士毕业的时候，有3所美国大学、2所香港大学给了她读博士深造的机会。最后，她听从了老师"研究中国问题不能离开中国"的建议，选择了香港中文大学的政治学专业，师从政治学者王绍光教授。这个故事对我的影响很大，我从此下定决心，把深圳大学视为"心目中永远不落的太阳"，通过自己的努力改变自己的命运。2004年，我考上了深圳大学行政管理专业的硕士研究生。我在读研究生期间，听从导师的建议，以上面故事中的学姐为榜样，努力读书，准备考博士。2007年，我又考上了中山大学政治学专业的博士研究生。

我知道，自己不是最聪明的学生，也不是成绩最优秀的学生，只能用自己的勤奋和汗水来体现自己的价值。我在21年的求学经历中，最深的体会可以概括为十个字——脚踏实地、自信、自立、自强！简单来说，就是踏踏实实地做好自己应该做的事情，相信自己，相信自己可以通过努力奋斗改变命运，为了心目中的理想和目标自强不息。我始终相信：一个人的强大与弱小，不是体现在外表上，而是体现在心灵上。一个心灵强大的人，相信自助者天助之，相信自己能够把握自己的命运，自信、自立、自强；一个心灵弱小的人，只会抱怨，只懂怨天尤人，千方百计地寻找客观原因，把责任归咎于他人或者环境，而把自己所应承担的责任推卸得一干二净。

心灵的强大与弱小，取决于个人的一念之差。我选择用积极、正面的心态来勇敢地面对生活中的一切，把握现在，并付诸行动，然后承担所有可能的结果。因为我相信"God helps who help themselves"，那么，你呢？

【读后感】

《我的求学路》读后感

高三（9）班　叶梓俊

"脚踏实地、自信、自立、自强"似乎只是简简单单的十个字，可它们却是人生求知路上最基本的要求啊！在求知的道路上，那些好高骛远、怨天尤人的人，大多是不会有好结果的。只有踏踏实实、不自卑、自信的人才能够在求知路上有所成就。

高考不单单是知识运用程度的角逐，更是心理素质的角逐。只有与同龄人共同坐在同一考场上，一起竞争，才能知道谁的心灵强大，谁的心灵弱小。心灵强弱之差别，就在此时此刻得以体现。我们只有用积极、正面的心态去备战、去角逐，只有勇敢接受现实、承担现实，才有可能成为这场角逐最后的胜利者。就让我们好好把握现在，脚踏实地，一起努力吧！

记忆中的高中，抹不去的怀念

深圳大学法学院　范 娟

【作者简介】

　　范娟，教苑中学2008届毕业，以优异的成绩考入深圳大学法学院。文静内向，喜欢写作与思考问题，曾获深圳市高中生现场作文大赛二等奖。

秋千架上依然缠绕着生机勃勃的青藤，阳光依然照在绿荫上，在地面铺出斑驳的剪影，随处可见的年轻面容依然带着浅浅的微笑，仿佛一切都没有改变。只是，看着手上厚重的《刑法学》还是能清楚地感受到，挥手告别了高中，进入大学已经一个学期了……

　　对于身后渐行渐远的高中时代，即使只能看见模糊的影像，还是感觉温暖，像一条通往云霄的阶梯，莘莘学子怀揣着各自的梦想，为了那梦境般的圣堂，一步一步，努力地前行着。对于那无法预知的未来，一张张年少的脸庞上飞扬着青春，也隐藏着迷茫；一个个忙碌的背影，留下了许多坚实的理想。少年心事当拿云，还记得高中的课堂里，同学们或多或少地拥有了自己的小小志向，为了"心事"而奋斗。一直不明白为什么蓝色在西方国家被定义为一种悲伤的颜色，直到无数次考试后一个人望着蓝色的天空发呆，听不到任何回应，带着浅浅的忧伤和对未来的迷茫，不知所措。无休止地练习、测验，仿佛没有尽头，看不见希望，无论多么优秀或差劲，对于未来，都无可避免地感到无助。只是，无论有多么迷茫和忧伤，生活依然在继续着，即使明知未来有太多的未知，我们也无法逃脱。

阳光明媚，书声琅琅，那是一整个高中的主旋律，发生在高中校园里的每一个小小的故事，在高中毕业后变得清晰无比。

宿舍是整个高中时代最亮丽的风景线，几乎每个经历过高考的人都会留恋那间小小的宿舍，那是藏着我们最真诚的梦想的小小的家。毕业已经一个学期了，很多的同学都各奔东西，断了联系，只有一个宿舍的几个人依然联系着，相互牵挂且关心着，无论相隔多远，都努力地假装还在一起，不愿分离。毕竟，我们曾经在那个激情燃烧的高中阶段一起开夜车，一起在课后奔去饭堂，一起在天灰蒙蒙的时候起床背书，一起上课，一起自习，一起去图书馆找练习……这些一起经历的点点滴滴，能让每个人都清楚地意识到，自己不是在孤军奋战，除了家人和老师之外，还有这样一群拥有共同目标的战友，相互扶持着走向梦想的殿堂，即使在分开以后，这些记忆还是会让人不自觉地上扬起嘴角。

对于逝去的高中，有太多的留恋，它几乎是每个人人生第一次尽自己最大的努力，全心全意地为了梦想而拼搏的时代。还记得语文老师在讲台上神采飞扬的神情，记得数学老师严谨地给我们分析题目，记得英语老师在那些最苦闷的下午用优美的英语讲述着那些古老的故事……就是老师的这些谆谆教诲带领着我们，一步一步地走进了大学校园。想起这些可爱的老师，思绪就不由自主地回到了高三那年的春天。深一模结束后，整个课室阴沉沉的，仿佛随便一点声响就能引爆整个课室。努力了那么久，怀着蝶翼般颤动不安的心情等待着结果。成绩公布后，听着失意的同窗压抑的哭声，看着失败后努力要坚强起来的年轻面孔，还有拼命提醒自己路还很长不能骄傲的同学，努力对自己说要学会麻木。晚自习的时候，历史老师找我去他办公室，看着摊放在老师桌面上的试卷，下午提醒过自己的话全都飞到九霄云外，眼泪完全无法控制地脱离眼眶，打湿了衣袖。历史老师叹了口气，拍拍我的肩膀对我说："要有信心！现在先把试卷拿回去好好分析，明天过来找我。"离开办公室，一个人失了魂般地在校园里游荡。风吹在湖面上，泛起浅浅的涟漪，忽然想明白了，若干年后，我怎么可能还会记得这样一次考试呢？打起精神，回到老师办公室，老师愣了一下，然后很快地开始跟我分析这次考试。离开的时候听见老师对我说："要坚持下去！"我笑着对他点了点头。这些很小的事情，在离开母校之后重新浮现在脑海中。感谢我至亲至爱的老师，一路相伴！

收拾好心情重新上路，途中经历的所有悲伤和辉煌，都不是最后的结果，只有一直保持一种在路上的心境才能将路走得更坚实！

高中一直寄宿在学校，每个星期才能回家一次，跟爸爸妈妈的交流忽然少了很多，但是家人一直是自己强有力的后盾，支持着自己在这条追寻梦想的途中一直坚强地走下去。周六回家，心情愉悦，深二模的历史成绩出乎意料的理想，告诉妈妈时很明显感到家里人都替我松了口气。晚上吃完饭后，爸爸把我叫到天台，问了我最近的学习情况，然后对我说："爸爸妈妈都很替你骄傲，那么短的时间就有这么大的进步。可是孩子，这条路还很长，希望你自己要好好把握，人生就像在墙壁上滚雪球，稍微不努力了，它就会掉下来砸伤自己。无论如何，爸爸妈妈都会支持你，也相信你能做得很好，我的女儿啊！呵呵，加油！"不知什么时候，皱纹已经爬上了爸爸的额头，看着爸爸慈祥的面容，忽然觉得很心酸。随便找了个借口走回房间，锁上门，暗暗地对自己说："即使只是为了这些这样爱我的人，我也不能让自己消极下去啊！"带着这样的信念，一路走到高考，走进大学。

今天，走在大学校园里，学习着自己向往已久的法律专业，回想一步一步走到今天的整个过程，有悲伤、有幸福，最重要的是，有这样一群人，风雨相随……

能经历高考的人是幸福的。经历过高考的人，才能真正体会到什么是一分耕耘、一分收获；经历过高考的人，才会更加懂得感恩；经历过高考的人，才能领会到什么是真正的友谊……

在人生的旅途上，良师益友陪伴着我们，父母亲人支持着我们，作为这样幸福的一代，我们都可以满怀信心地走好自己的人生路。只是别忘记偶尔回过头看看这些一路走来一直陪伴在身边的人，因为有他们，我们才能无所顾忌地追寻自己的理想。谢谢你们，所有这样陪伴过我的人。

【读后感】

《记忆中的高中，抹不去的怀念》读后感

高二（14）班　庄铭鸿

读完全篇，感动不已。

高中生活虽然只有短短的三年，却会深深地在我们的心中留下印记。在高中的三年，我们怀揣着各自的梦想努力前行，也可能因为一次次的挫折而感到迷茫。但身后始终会有强大的护盾支撑着我们，不论是为我们分析试卷的老师、给予我们鼓励的父母，还是一起为了梦想努力奋斗的同学，他们都会陪伴在我们的成长道路上。在通往未来的道路上，总有一群人与我们风雨相随；在人生的道路上，总有一群人在支持和陪伴。

也许在未来的某一天，当我回过头看这段有酸、有甜、有苦、有辣的日子的时候，我们会发现它只是记忆了，甚至是记忆中的记忆。在记忆中，我们穿梭于清晨，憧憬着未来。彼此踏着黄昏，畅谈着理想。

这些是过往，是当下，也是明天。

我的大学梦

香港教育学院　李纾郁

【作者简介】

　　李纾郁，教苑中学2007届毕业，以优异的成绩考上香港教育学院。高中期间做过班、团及学生会干部，当过学校广播站首席播音员，是学校女子篮球队的队员。

原先觉得这个题目不太适合，如果我还是在高中的话，对大学生活的一番展望可谓梦想。而我现在已是一只脚在大学的福泽，一只脚将要踏入社会的瀚海，大学还是梦的话似乎该醒了。只是勒马回首六年小学，三年初中，三年高中，我如今大三，三年一个轮回来算，我又可以超度了，时间真的过得如梦一样快。

　　一年半没有回母校了，甚为想念。我跟"教院"很是有缘，初中读教苑，高中直升教苑，大学考到隔壁香港，还是叫教院。有同学还调侃说道："这是你们教苑在香港的分校？"

　　我高二时高中部搬到了龙岗，是传说中深圳最美的校园。那时未曾比较，后来上了大学，因为是教育专业，要去当地的几个中小学调查实习，顿时才觉得香港小朋友的校园怎么这么简单，教学楼都长一个样，甚至连操场都没有，只有狭小的室内运动场，教室摆上桌椅就没有剩余空间了，教师办公室更是像教室一样排得密不透风。我觉得我的高中生活瞬间升华了，窗外的小桥流水，宽敞明亮的教室，四块墨绿的移动黑板，四十多张课桌椅的后面还有一排储物柜，此外剩余的空间还有很多，高三时被装满复习资料、辅导书的箱子或置于凳底，或堆在过道，俨然一派秣马厉兵的景象。

那时书页间风传的都是关于高考如炼狱的黑暗，但高三于我却是最快乐的一段时光。大学了，上课不外乎这栋教学楼跑到那栋教学楼，因为选的课不同所以见到的同学也不同，集体的活动都是以百余人的系为单位，大家各自怀揣着自己的抱负，没有一个朝夕相处的班级。而在高中，我们四十几个人的班级士气勃发地奔着同样的目标并驾齐驱，好不振奋。

当铺天盖地的训练成为夜间小食，当千锤百炼的考试成为窗外飞花，高三早已不再是高考前的铺垫，而是一种心智的历练。面对一套模拟题，不是唉声叹气，而是想到了成功后的欣喜；面对长夜自习，不是心不在焉，而是磨刀霍霍、摩拳擦掌。找一个搭档，互相比赛；与同桌为好友，彼此督促；向各科老师频频讨教、破解谜题。毕竟，只有绷紧的弦才能弹出美妙的音律。

记得那时常常感叹，又用完了一本草稿本！甚至一周就用完一支笔。而每天去办公室是我最喜欢的课间活动，一开始是因为有不懂的问题而去，后来成了习惯，每天都能刨出一堆问题送到老师跟前去。学弟学妹们如果还没有尝试过，可以有意识地培养这种习惯，如果有了这种习惯就继续坚持，你会发现，办公室里不只有学业交流，老师们会给出许多终身受益的箴言。不仅如此，跟老师的关系会更融洽，感情也会更加深厚。例如，你哪次考试考坏了，在老师面前下个军令状，说下次一定进步20分，这次就不要告诉爸爸妈妈好不好？老师八成是会通融你的。

在教苑的高三生活实在很让人怀念。有一天清晨，早读的同学发现高三年级六个班级的后墙上都被挂上了一张横幅，红色的八个大字"不达目标，誓不罢休"赫然凛立于上。班里顿时沸腾雀跃了，各自在横幅上签上自己的名字，旁边写着自己理想中的大学或者是激励的话。这张横幅便与教室前面的倒计时钟相映成辉，让人低首或抬头都是一次斗志的补充和强化。后来在运动会走方阵的时候，全班同学都在额头上系上一条印着"拼搏"二字的红丝带，小小的革命军队斗志昂扬。说来好笑，还有一个班，人手一本《走向高考》，高呼着口号，自然是不乏理科生的幽默，却也让人感到他们为了目标豁出去的战天斗地的精神。此情此景都还历历在目。大学里的运动会规模更加庞大，分为陆运会和水运会，也更加专业，只是非体育系的学生很难参与其中罢了。中学时的运动会就是所有文科理科、男生女生一展英姿的盛会，老师和学生齐参与，学业和锻炼并重才是王道。

很难说高中的日子过得是快还是慢。每个星期天晚上回校的校车把我们带离万家灯火的市区，来到灯火通明的校园，似乎就是宣告，又将开始一轮宿舍、饭堂、教室的三点式生活。时间在早自习、晚自习、蚊帐里荧荧的灯光和小闹钟的嘀嗒声中无限延长，这样的时光重复着、循环着，过也过不完。直到六月的一天，我们开始说，唉，这是最后一节语文课了……这是最后一堂数学课了……甚至，这是最后一次做眼保健操了，才意识到这种过不完的日子终于到头了。每每想起最后一节课时，全班同学声泪俱下地给薛老师念的赠别诗，给杨老师唱的《伤离别》……纯真的感情溢于言表，都能像当时一样深深地感慨。

其实高中是许多人最愿意回忆的片段。其中，有跟好朋友一起熬夜、早起、报名新东方，一起参加莎士比亚剧表演，一起边打飞虫边背诵甲午战争的来龙去脉，一起偷偷订过味美却不卫生的外卖，一起在课上主动站到教室后面以便头脑清醒地听课，一起课后到球场上歇斯底里地赛球，一起半夜了还披着被子到宿舍门口等流星，一起记下老师的方言名句并编纂成册，一起做过很多疯狂的事。有个外国人说过："没有放荡过，就没有年轻过。"我们的高三虽不至放纵，但也奔放过吧。因为它不是只有高考一个元素，它还教我们管理时间，让我们珍惜时间；教我们发现自己，让我们认识自己；教我们建立友情，让我们保护友情。于是，年轻就在这里渐渐沉淀。

那时我们班主任就说，不经历高考的人生是不完整的人生。这话不假，当你可以自称"过来人"的时候，再看看毕业照，就会发现纵然"万紫千红总是春"，只是"除却巫山不是云"了。

【读后感】

《我的大学梦》读后感

高二（14）班　杨　健

　　高中，对于很多人来说是可望而不可即的过去，对于作者李纾郁来讲，更是一段记忆犹新的往事。我们是否曾想过，所有正在进行时都不曾被珍惜，正如此刻被淹没在题海中的我们，而当正在进行时却在某一天变成了过去式的时候，我们也会自诩为"过来人"，跟很多人一样置身事外般谈及高中时的种种趣事。而当那一天真的到来时，我们身上的校服也许已不再合身了。

　　在"教院"待的九年，对于李纾郁来说是缘，当时间将这九年沉淀，缘也就酿成了情，九年的情酝酿下来才能造就这如此深情的文章，文脉中细腻的文笔隐约透露着某个人的影子，是高中时的李纾郁吗？她还认得那个自己吗？她还能像当年恩师教导的那样"发现自己""认识自己"吗？

　　千山万水走过，坐在书海当中的人已经不再，他们走向高考，走向大学，走向社会，走向了更深更远的人生，走向了曾经向往的诗与远方，路曲折着向前蜿蜒，笔直的只是人的腿。纵然"万紫千红总是春"，只是"除却巫山不是云"。

终于走进大学校园

中国政治研究所　赵　楠

【作者简介】

赵楠，中国政治研究所研究生。初中没有读完，高中更没有读过，最后却以优异的成绩考上了中国政治研究所的研究生，不能不说是一个奇迹。虽然曾经的工作单位内蒙古通辽市地方工商局、深圳沃尔玛等对许多人都有极大的吸引力，但最终都没有挡住她圆梦大学、走向校园的步伐。

夜深人静时，躺在床上回想着自己这几年来的付出和努力，我更深地体会了中国那句古话："付出终会有回报。"反思过去，让人忧叹；憧憬未来，更令人神往。

其实不怕大家笑话，我前前后后共参加了五次研究生考试，人家都说事不过三，在我这里看来就得改成事不过五。与其说有丰富的经验，还不如说有深厚的"困难"，在这里写一些东西出来，一是想为自己的考研路画上一个圆满的句号，二是想对那些还拼搏在求学路上的读书人说一句："只要坚持下来，你就会成功的！"

你可能不敢想象，一个连初中都没读完的人最后可以考上研究生。但是，这确实是一个真实的故事，我的故事。

　　记得我刚刚开始读初中三年级的时候，有一天，听到爸爸回来说，他们工商局和工商学校签订了一份可以委培家属子女读大专的所谓的某种协议。也就是说，如果你可以顺利地从工商学校毕业的话，你就可以到工商局工作了。在当时那个年代，如果能有份既稳定又有保障的工作，那可是多少人都羡慕不来的呢，何况我还是在政府部门里。当时我的学习成绩也不是特别出色，家里人一想，这孩子以后能不能考上个好的大学也说不定，大学毕业后的工作更是个问题，还不如去上这个学校，毕业后的工作也有保障了。记得那年去上学时，我14岁。

　　我们一行20多个人坐了将近30个小时的火车到了学校，因为事先单位和校方都有联系，到校后的一切都有老师安排好了。这样，就开始了我为期两年的大专课程学习。现在想想，都佩服自己当时的勇气。记得到了学校的第一个晚上往家里打电话时，我就忍不住哭了，想到那么弱小的自己就要开始一个人的生活了，没有了当时要出来闯天下的冲动，却多了几分彷徨和无助。然而，在不知不觉中也顺利地完成了两年的课程学习。毕业后，也就顺理成章地被分配到工商局工作。那一年，我16岁。

　　这份工作对于那个年龄的我来说是轻松的、愉快的，因为所有的东西本不该是我这个年龄的孩子要面对的，而我却在那个时候，被迫不断地接受着新事物。工作之余我参加了一个短期的英语培训班，感受到了学习的快乐与满足。从那一刻开始，我对大学生活的渴望越来越强烈了。命运就是这样，你只要敢想就没有不能做的，工作一年后我竟然辞职不干了。当时只有一个想法：我要去上学，我要做我本应该在这个年纪做的事。那一年，我17岁。

　　我的知识水平有限，初中的三年课程都没有完成，更不用说学习系统的、关键的高中课程了。我当时想，没有经历过高考的读书人，他的人生是不完整的。想回去上学的念头一直强烈地刺激着我。难道我真要补习高中的课程吗？可以想象，再一次回到学校对那个阶段的我来说是极具挑战性的。考虑到当时的情况，一个老师跟我说，要不你去读自考吧，也可以圆了你的读书梦。自考的准入门槛较低，不过读起来确实是要下一些功夫的，每一门课程都需达到及格分数才可以毕业。认真考虑过后，我鼓足勇气、下定决心，准备挑战一下自己。

　　因为底子薄、基础差，刚开始听课的时候就像听天书一样。又因为我选择了虽然感兴趣但学起来却相当费劲的英语专业来学，我只能从零基础开始，慢慢摸索，用了四年时间才拿到了英语专业的自考本科毕业证。

这样一个文凭在别人看来是那么的微不足道，那么的不起眼，那么的没有分量，可对于我来说却是那么的来之不易！自学考试的文凭虽然货真价实、真材实料，但在中国的实际国情里，我的亲身经历告诉自己，他们要的是全日制大学本科文凭。刚刚毕业在家，爸爸找熟人把我安排到区政府的一个办公室做实习生。我也想借此感受一下政府机关、官僚机构的那种浓厚官场气息，顺便历练一下自己。那一年，我21岁。

说到这里可能你会说，经历够丰富，好像又够超前，也似乎一直都做着不是你这个年龄该做的事呢。好像没走寻常路！是呀，在我辞掉了当时看来那么稳定的工作的时候，我的人生轨迹就注定会发生转折。因为我没有停止过对梦想的追求。虽然我只是一只小小鸟，但我要飞得更高、飞得更远。

那之后，你更不会想到，我只身一个人来了深圳。只是想想看看外面的世界吗？还是别有他求？不管梦想多么朦胧，但有一个目标是明确的——我要考研究生，拿到一个全日制的大学文凭！就是这么一个简单的想法，让我付出了五年的艰苦劳动和青春岁月。

第一年，在刚刚有考研这个想法但还不确切知道考研是怎么回事的时候，我便在家乡的考试中心报名了，抱着看看研究生考试题型的想法去参加了考试。结果可想而知。虽然注定是要失败的，但我却更加坚定了追梦的信念。我通过电话和学校的老师取得了联系，同时说了自身情况，老师也赞成我到学校来听听专业课，系统地学习一下之前从未接触过的专业知识。就这样，我来到了深圳大学，在老师和学姐的帮助下，我安顿好了住的地方，从此踏上了漫漫考研路。

其实，我也不知道是什么力量让自己在经历过一次又一次失败后却始终没有放弃考研这个念头。在深圳大学复习了一年后我还是失败了，专业课的成绩老是上不去，英语和政治两门公共课也总是在及格线的边缘徘徊。我难过极了，我想不明白，自己付出了那么多的时间和精力，为什么还是不见成效。真的是自己的基础太差吗？我不相信自己这么轻易就被打倒。我告诉自己一定会成功的，鼓励自己坚持一下、再来一次。可是，终究还是事与愿违，我第三次又落榜了。感觉命运就是在捉弄我、考验我，好像也是在嘲笑我：经过多次的打击过后你是否会依然坚持你的考研梦？

一个偶然的机会，我进入深圳一家较有名气的外企工作了，当时真的认为是梦破、梦醒、梦离我远去的时候了，或许我不应该为了读研错过那么多更好的发展机会。虽然之前我也算有一点点工作经验，但要在深圳这个地方而且是一家颇有名气的外资企业——沃尔玛工作，我的一切都要重新开始了。那里可是一个人才济济、竞争激烈的地方。不管怎么样，为了自己，为了明天，我都得用心工作，好好努力！

俗话说，"命运在为你关上一扇门的同时也会为你打开一扇窗"。两年多的工作是充实的、忙碌的，在这之余我并没有间断去报考研究生。你可能会笑话我，怎么那样痴心，而且工作了你哪还有时间去看书呢？确实，工作这两年看书的时间少之又少了，好像当年那股劲头被时间一点一点地磨平了棱角。只因梦想还在，我每年都报名参加研究生考试，而此时我的心态已经平和了许多，只要尽力就好。皇天不负苦心人，当老师打来电话告诉我成绩时，我是那么的兴奋和激动，流下了幸福与苦涩交融的泪水。只有经历过的人才能体会到。因为坚持了，所以我成功了！这一年，我25岁。

一位哥哥感慨地说道："你这几年的经历应该能写成点什么东西了吧？"可以说，考研的这段路程是我人生轨迹中一段无法抹去的铿锵岁月。有很多人说考研是痛苦的，也有很少人说考研是快乐的。然而，无论是痛苦还是快乐，经历过的人都会把曾经的苦与乐看成是自己走向成熟的一段经历，一种克服人生困境的能力和一笔无形的宝贵财富。我要感谢我的老师，还有一直在身边照顾我、关心我的姐姐，是他们无微不至地关心和帮助我，不断地鼓励我、支持我，才让我走到了今天。我真的很感谢他们。

这一路走过来，虽然有些累，但是心里却是愉悦的，毕竟了却了一桩心愿，同时学会了承受和容忍，学会了坚强与坚持。因为那是一段为梦想而奋斗的日子，是人生最美好的一段历程，值得珍惜。如今，我如愿以偿地走在深圳大学的校园里，圆了我的研究生梦，而"梦想"为我插上了飞向更高、更远的翅膀。虽然这只是漫漫求学路中的一个序曲，但无论如何我已经迈出了万里长征第一步，以后的路是布满荆棘还是铺满鲜花，无人可知，但我更加坚定了一个信念，那就是不管是什么路，我都要昂首阔步、信心满怀地走下去。

【读后感】

《终于走进大学校园》读后感

高二（14）班　曾文俊

一个连初中都没有读完的人竟然以优异的成绩考上了中国政治研究所的研究生，不得不说这是一个奇迹、一种"壮举"，也验证了那句最朴素的话——努力终将会成功。

她并没有安心于普通人所羡慕的既稳定又有保障的工作，她有一个让其他人觉得平常却让她日思夜想的梦想——读书、上大学。她在考大学时学习的刻苦让我感到敬佩，她敢于挑战困难，面对陌生的事物时没有选择退缩而是迎难而上、慢慢摸索，最终获得了英语专业的自考本科毕业证。

后来，她来到了深圳，想要考研，但是一次次都落榜了，她并没有因此而放弃，在工作之余仍然坚持读书，最后终于考上了。

在成功的道路上，激情是需要的，志向是可贵的，但是更重要的是那毫无情趣的、近乎平常的、坚守的毅力和勇气。

梦想，就是一条马路，唯有一步步地去追求，才能走向成功的尽头；梦想就是一座高山，唯有一次次攀登才能到达成功的山顶；梦想就是一片天空，唯有在里面挥洒汗水，才能找到成功的白鹤。

圆梦三部曲

中山大学外国语学院英语系　罗　茵

【作者简介】

　　罗茵，中山大学2006级英语专业翻译系学生，翻译学院翻译系党章学习小组组长。连年获得中山大学优秀学生二等奖学金，荣获"翻译学院优秀团员"、首届翻译学院英文辩论赛亚军的称号。静默有时，书写有时，爱学语言，并乐意与人交流思想。

憧憬大学时

少年不识愁滋味

刚读初中的时候，我对高考和大学并没有什么概念，只知道每年暑假，学校就会更新公布榜，上面全是学长学姐的名字和成绩。每当这个时候，公布榜前面就有无数的学生和家长驻足。我那时还挺纳闷：这里面有什么名堂？

后来上了高中，才慢慢对高考有了认识，同时在学校的耳濡目染中，我终于知道每年高考的放榜是与大学联系在一起的。所谓的"少年不识愁滋味"大概就是如此吧。虽然高中繁重的学业一开始还是让人措手不及，但是我依旧活跃于学校的社团活动中，也组织了几次有声有色的班级活动。高考承载的分量有多重？刚上高一的我其实还从来没有思考过。

大学=象牙塔?

直到高二，我才对大学有了进一步的认识。那时我接触了很多青春校园小说，它们大部分都是以大学校园为背景的。记得当年读的这类小说总是把大学描绘成天堂似的象牙塔：没有做不完的作业，只有参加不完的活动；没有考试的压力，只有"六十分万岁"；没有禁止早恋的三令五申，只有无忧无虑的自由恋爱。对大学生活天花乱坠的想象在我看到两本对我影响很大的书后终于慢慢回到了对大学现实的思考。

这两本书就是《等你在清华》和《等你在北大》。它们其实是考上清华、北大的历届高考状元和优秀考生的个人备考经验和体会的合辑。看着他们的故事，我深受启发。他们都实现了自己的理想，而理想成真的背后是辛勤的付出与艰辛的汗水。原来，要走进象牙塔，还需钻研"万卷书"，"行"万里艰辛路啊！

我喜欢学习语言，了解文化，所以当初也就义无反顾地选择了英语（2）作为X科（现在高考改革已经没有这门X科了），当时我完全是凭着兴趣来选择自己的X科的。直到今天，我依然认为兴趣的定向和选择的定位很重要。兴趣需要培养，而培养的前提就是发掘兴趣。

至于考大学这个梦想，我还得感谢三毛。高中时候，我拜读了不少三毛的小说，内心里很欣赏这位潇洒如风的女子。她的足迹踏遍了撒哈拉沙漠，遍布了几个大洲，她的旅途永远在诉说着不同的故事。她的作品、她的故事都深深地启发了我：如果人没有梦想的话，那么人生将会是多么空虚和荒芜啊！梦想是什么？有时梦想仅仅只是一种信念，一种让你源源不断地为目标奋斗的动力。高二，在对大学有了更直观的认识之后，我也暗暗地坚定了自己的理想——追逐梦想，为走进象牙塔而努力。

为大学奋斗时

"拼命三郎"必须"拼"有所值

上了高三，高考的压力在无形中增大，因此人人都成了学习的"拼命三郎"。但是学习不仅需要"拼劲"，更需要方法。高考复习科目众多，考试内容分布也很广，用脑强度特别大，因此，盲目做题、不求甚解地背概念，只能是缘木求鱼。根据个人的经验，我摸索出复习过程中要注意以下几点。

1. 加强弱科的同时不要疏于巩固强项

在这方面，我在复习第一阶段时吃了不少亏。我的强项是英语和语文，但是数学和综合科却很弱。为了最大限度地达到"学科平衡"，我在一开始复习的时候把大量的精力和时间都放在了数学和综合科上面。事实证明，这个复习策略并不可行，结果得不偿失。第一阶段是巩固基础阶段，加强弱科的基础固然很重要，但是万万不能捡了芝麻，丢了西瓜。强项依然不能掉以轻心，而必须加以巩固与练习。

俗话说得好："双鸟在林，不如一鸟在手。"一方面，在有限的时间内，弱势科目的水平很难有大幅度的提升。另一方面，如果强势科目没有一定的巩固练习作保证，那么学科优势就会下降，结果两头都失分，这是得不偿失的。因此，在复习的同时，我们要合理分配用在强势科目和弱势科目的时间和精力。

2. 学会触类旁通，总结同类错题

在做题的时候，我们经常会犯同样的错误。我们分析错题时会发现同类错误重犯多次。这是因为我们对这一类问题的掌握还没过关，关键点还没完全理解透，所以屡做屡错。其实很多知识的考查点都是换汤不换药，因此在做错题的时候，我们要总结该类问题的症结所在，彻底弄明白，这样我们对该类题目的印象才会深刻，以确保下次不再犯同样的错误。

例如，在英语语法的考查中，同一语态在不同时态的表述中也要作出相应的变化，做这类题要学会总结解题技巧，那就是"瞻前顾后"，确保前后时态一致。如果下次遇到的题目是考查直接引语变间接引语，这样的技巧我们就可以派上用场了。

3. 灵活掌握复习进度，根据进度安排复习计划

良好的复习进度对提高复习效率、保证复习质量很重要。一般来说，高三的复习大致可以分为三个阶段：巩固基础阶段、技巧训练阶段和查漏补缺阶段。通常，前期的巩固基础阶段持续的时间稍长一些，因为把高中三年的知识系统地梳理一遍需要一定的时间；而技巧训练阶段主要是针对某一题型进行分析，灵活运用解题技巧，这被视为技能提高和效率促进的阶段；最后的查漏补缺阶段也很重要，经过前期基础的巩固和技巧的训练，我们可以总结分析自己在哪一个环节还比较薄弱，哪些知识点还没弄懂，然后再进行有针对性的巩固。

三个阶段环环紧扣，相辅相成。我们在复习的进程中要注意时间上的分配，就我个人而言，我对这三个阶段的时间分配比例大致是3∶2∶2。当然，各人的学习情况不同，应视具体情况而定，并且不同的学科也应该有相应的时间分配比例。例如，我的数学最薄弱，那么我用在巩固基础方面的时间会更多一点，其他学科再适当调整。总而言之，我们在安排复习进度的时候要根据自身的学习情况合理分析。

大学的门槛有多高？

记得当年我的摘抄本上面记录着这样一段话："北大的门槛有多高？只是轻轻一跨，就可以跨过去。但是这个门槛却使得多少踌躇满志的考生望穿秋水，倚断寒窗？"升上高三，我对此更是深有体会，高等学府一向都令众多考生可望而不可即，而名校对于雄心壮志的学生来说，更是理想的象牙塔。但是我们在选择目标的时候，也要遵循自己的兴趣，衡量自己的实力。我当时的X科是英语（2），这个科目在一定程度上限定了我的大学志向和专业方向。相对而言，我喜欢英语，也爱好文学，希望在中英两种语言方面都能学有所成。当年傅雷、林语堂和胡适等学贯中西的大师是我很钦佩的偶像，因此我也希望自己能成为一名学贯中西的人，如成为一名出色的翻译。

学习外语如果去专业的外语类院校的话，会得到系统的专业技能训练，而我国出色的外语类院校有北京外国语大学（简称"北外"）和上海外国语大学。当年我曾经一度把北外作为我的奋斗目标，可当年北外在广东招生人数有限，因此它

的分数线也水涨船高。报还是不报？我曾像迷惘的哈姆雷特那样苦于做选择。最后，经过征求老师、家长等多方的意见，并结合自己的实际情况，我选择了中山大学。我一直相信，中山大学是我正确的也是无悔的选择。因为在这所兼容并蓄的综合性大学里，我真正受到了多元的精神文化的熏陶，这确实是一笔很宝贵的无形财富。

大学进行时

时光荏苒，岁月如梭，站在大三的尾巴上，回望已经走过的路程，我感慨万千。想当年，懵懂天真的我对大学这所"象牙塔"无限憧憬，而进入大学后，我对象牙塔生活的体会是：如人饮水，冷暖自知。曾经，我在学校听过《读大学，究竟读什么？》的作者覃彪喜的讲座，当时印象最深刻的是他说过的"大学生要学会思考"这句话。回顾这几年的大学生活，我有几点切身的体会。

1. 学会自理，学会独立

刚上大一时，我度过了一段培养独立精神的磨合期。从小我的任务只是专心读好"圣贤书"，虽然我还没达到四体不勤、五谷不分的地步，但从来都是家人帮我打点好一切。在大学阶段，家人不在身边，所以很多时候必须要靠自己。在经历了这个磨合期后，我懂得了这是一个成长蜕变的过程，从高中生到大学生的转变，意味着我们要学会长大，学会独立，打理自己的生活。

2. 积极参与活动，扩大人际关系网

大学为我们提供了一个更为广阔的舞台，通过这个舞台我们可以发展兴趣、追求理想，也可以结交来自天南地北的朋友，与他们交流思想，探讨感兴趣的话题。每年10月是中山大学"百团大战"时期。"百团大战"是指有接近一百个社团在进行招新活动。其中，"轮滑协会""攀岩协会""跆拳道协会"等让你体会到体育活动的乐趣，"灯谜协会""岭南书画协会""《中大青年》报社"等让你一展舞文弄墨的文采，"学生职业生涯发展协会""爱心助学协会""绿色青年组织"等为你提供了良好的社会实践的机会……

积极参加大学的社团活动，不仅能丰富我们的文化生活，还能大大开阔我们的视野。在社团活动或社会实践的过程中，我们和不同的同学一起合作交流，共同完

成任务。大学的情谊是弥足珍贵的，即使将来我们离开学校，分道扬镳，也还可以保持很好的朋友关系，并在今后的工作和生活中互相帮助。

3. 博采众长，接受良好的文化熏陶

中山大学多元化的文化氛围为我提供了很好的学习机会，这在我看来也是优秀的综合类院校最大的优点。在这里，几乎每天都会有不同主题的讲座，学校也经常邀请名家和社会的成功人士来开讲座。其中，"中华文化系列讲座"是中山大学的一个招牌系列讲座，每期都会有研究中华文化的名家教授和学者来给学生传授知识，与学生交流。

另外，大学是个卧虎藏龙的地方，如在中山大学，许多学生都是博学多才的人才。让我印象最深刻的就是上届"粤港澳高校原创诗词大赛"的冠军是我校生命科学院的一名大一学生。在采访他的时候，我发现他虽是理科生，但文学素养很好，文学功底也很强。还有，外表看起来文静的书呆子也可以给你一个惊喜，动感自如地跳街舞，真是动静相宜啊！大学里面汇聚了来自五湖四海的学生，每个人都有自己独特的长处和优点，让你大开眼界，博采众长。

结 语

首先，非常感谢刘伟老师给我这个机会，让我撰写这篇文章，我深感荣幸。其次，现在思考走过的大学阶段，我感慨良多。我相信，每个人背后都会有不同的故事，每个人也有不同的体会。最后，希望我的这篇文章能和大家分享我圆大学梦的这段岁月的心路历程，同时我也希望作为过来人，我的经历能给还在憧憬、期待大学生活的中学生朋友们带来一点启发，起到抛砖引玉的作用。祝愿你们理想成真，前程似锦！

【读后感】

《圆梦三部曲》读后感（一）

高二（14）班　罗梓维

　　阅读了罗茵的这篇文章，我对于大学以及读大学所要付出的努力有了新的认识，自己也有一些感悟，便写下这篇小小的读后感。

　　首先，作者描写了自己从前对于高考的迷茫以及对小说中所描写的大学的幻想。到后来，两本书深深地影响了作者——《等你在清华》和《等你在北大》，让她明白了想要考上自己理想的大学，还需要"读万卷书，行万里路"那样的努力。在定下了自己的发展方向后，她开始"拼"了。

　　"'拼命三郎'必须'拼'有所值"这是作者在写下自己总结的努力的方法策略时的标题。这个简单的标题引发了我的思考：在当下的学习生活中，总有人会拼不过对手，也许这关乎"拼得有没有价值"。其后的方法策略的分析对我以及我们是十分有参考价值的。不知道该怎么努力的小伙伴也可以采用她的方法，想必也没有什么不妥。

　　在考上中山大学并在那里学习、生活了一段时间后，作者有了一些想法：读大学不仅是为了学习，更是要学会独立，学会交际，升华自身。我十分赞同作者的想法，从高中走向大学，不只是为了学习更高深的知识，更是为了在大学这样"缩小的社会"中学会独立，学会处理各种事情的能力，在不断地磨砺中升华自己，使自己变得更加优秀。

　　总结一下，大学是一个学习、锻炼的绝佳场所，但是我们需要在高中时付出相当程度的努力。为了自己理想的大学，为了更光明的未来，我们还需努力前行。

《圆梦三部曲》读后感（二）

高二（14）班　李亦萱

从"不识愁滋味的少年"到"为大学奋斗的拼命三郎"，再到享受多元校园文化的大学生活。我从作者罗茵的《圆梦三部曲》中深刻地体会到了奔向大学的艰难却又充实的历程。

我也和作者一样，直到高二才对"考大学""高考"有了深刻的认识。经过平日里的学习及老师和学长学姐的言传身教，我也逐渐明白了考进一所好大学是多么的重要。正如作者所说的，走进象牙塔，需要钻研"万卷书"，"行"万里艰辛路。

读了这篇文章，我收获了许多，作者给我们提的几条复习时的方法总结，让我十分受用，如合理分配科目学习、触类旁通地总结错题、灵活掌握复习进度等。

大学的门槛对于我们来说，很高，但只要努力拼搏就可跨过。加油努力，积极认真地做好每一件事，过好当下，大学的美好生活之门将为我们而敞开。我们现在的辛苦学习，所经历的失败、抉择、考验，连成我们的人生轨迹，造就我们的真实存在。面对学习的考验，我们要扼住命运的咽喉，不后退、不屈服，努力奋斗，甚至直面困难而战斗。考验如火，而这，正是在淬炼真金。

让我们一路奔向大学，一路脚步不停，一路咬牙坚持，一路心怀梦想，为了自己而努力奋斗！

勇于尝试，敢于坚持

——我圆大学梦

北京大学软件工程系硕士研究生　何畅彬

【作者简介】

　　何畅彬，本科毕业于天津大学船舶与海洋工程系，现于北京大学软件工程系攻读硕士研究生学位。本科期间多次获得校级奖励与奖学金，曾任天津大学邓小平研究会主席。

回首整个高中和大学本科阶段，我深刻地认识到，生活本身就是一种不断尝试和坚持的过程，在这个过程中，我们通过尝试发现自我，通过坚持实现自我。

高中：苦读换来成果

　　毫无疑问，考大学是一件人生大事，但这只是一件事，大学也只是人生的一个比较短的阶段。因此，我们需要以二十年甚至更长远的眼光来规划整个高中生涯，才可以让我们赢得高考、赢得人生。根据本人的经历，我把高中分为几个阶段。

高中前期：打基础

我的高中的前两年是很轻松的，生活也很丰富。除扎实学习外，我还积极地参加班级的管理和学校举办的各种文艺活动。这些事情看起来与高考没有任何联系，甚至有些人会认为是浪费时间，但是我认为高中是人生观和价值观形成的重要阶段，高中期间的知识和能力的储备会对日后生活有重大的作用。因此，我们不应该把高中前期当作高三的缩减版，而是应该打牢知识基础，积极地参与校园活动，充分地培养兴趣爱好。

我在这里鼓励"多涉猎"并不是表示要忽视文化课。在高中前期，在文化课上我们至少应该做到以下三点：①全面完成高中课程的学习。②整理出各门课的知识构架。③学会把握自己的学习习惯和生活节律。

下面我简要介绍一下：

按照高中的教学安排，高一和高二需要完成高考内容的学习，这个阶段学习的深度，会较大地影响高三复习的阶段的效果，本阶段的学习是高考发挥的基础。

高中的课程都是有若干主线的，能够根据主线来把握各门课程的构架将会对进一步理解高考的题型有重要作用。很多高考题都会对多个知识点进行考查，只有清楚知识脉络，才能找准、找全所有的考点，对题目进行全面的分析。

每个人都有自己的学习习惯和生活习惯，人在每天不同的时间段有不同的学习效率，我们需要了解自己的身体状况，将效率最高的时间用在最重要的科目上，这样往往能够收到事半功倍的效果。

立志：实力与兴趣结合

在经历了高中前期的锻炼之后，我们已经对高中课程有了基本了解，接下来我们便要进入准高三状态。

选择了正确的方向相当于成功了一半。大学四年的生活经历告诉我，能够尽早了解自己的兴趣是十分重要的。按照目前的惯例，学生只是在很短的时间之内（往往是几周时间）确定了自己要报考的专业和学校。我认为这样对学生很不好，因为高中生很难在那么短的时间内了解各方面的信息，往往会做出不准确甚至是错误的选择。因为这种错误的选择，有很多学生升学失败；有的学生稀里糊涂地进了大学学习一个自己不喜欢的专业，自暴自弃，极大地浪费了教学资源，耽误了学生的青春年华。

因此，我建议高考学生不仅要在高三前对自己的兴趣有一定的了解，还要了解若干开设相关专业的大学。

在进行目标选取的时候，我们需要将实力和兴趣相结合。根据学校的水平和个人的排名，大概可以知道自己的实力排在什么位置，该选取什么档次的学校。在衡量自己实力的时候，需要考虑到高三一年的学习成果。在设定目标的时候，可以适当取高但又不是遥不可及，这样才会有向着目标迈进的动力。

在考虑了成绩因素后，再结合个人的兴趣，就基本可以圈定一个报考范围了。这个范围可以分若干梯队，要考虑到最好与最坏的情况。

上阵：步步为营

初步有了奋斗目标之后，我们将要进入高三的冲刺阶段了。高考可以说是一个系统工程，需要不断地在模考之中找出知识结构的漏洞，进行弥补，以取得不断的进步。

这个时候，大量的练习是少不了的，但并不是为了做题而去做题，我们需要在做题中提高，发现哪一块没掌握或者遗忘了就要尽快去补上。在步步为营的复习中，我们将会得到全面的提高。

在紧张复习的同时，要根据每次考试的排名情况继续调整报考的目标，使得在临考前几周，基本可以得出一个比较客观的报考意向，然后放下所有包袱，全力冲刺。

大学：转折改变人生

大学时代是人生中最美好的时光。在转瞬即逝的四年中，我们可以努力地去学，愉快地经历，有一个较为宽松的环境去尝试和以较低的代价犯错。在这四年里，我们完成了学校人到社会人的转变。对我个人来说，在这段最美好的人生时光中，我亲身经历了迷茫、尝试、坚持目标、达到目的的过程。我深切地体会到，在没有明确方向的时候，要勇于尝试和敢于承受失败；一旦确立了目标和计划，就要付出锲而不舍的努力，直到目标达成。

努力学习：不管是否喜欢

2005年9月，我怀着激动并复杂的心情进入中国近代第一所大学——天津大学学习。激动是因为经过许多年的苦读、无数的考试，终于可以跨入新阶段；复杂是因为就读的专业并不是我当初报考的第一专业。由于对社会需求和专业设置缺乏足够的了解，大学新生比较容易产生这种波动情绪。在跟学长和老师沟通之后，我知道大学里面有若干次换专业机会。无论喜不喜欢本专业，都应该好好学习基础课，因为这些基础课是几乎所有后续课程的基础，基础中的数学和英语也是考研科目之一。我努力地适应着大学的学习和生活节奏，逐渐掌握了学习方法。

尝试与发现：重新定位自己

即便是在工科大学，校园生活也是非常丰富的。天大有超过一百个社团，有我们熟知的学生会，还有各种兴趣类社团。社团生活好似大学生活的重要组成部分，在社团工作中，我们可以接触不同的老师、不同的学生。我们可以在社团的共处中学习到不同人身上的优点，并且可以赢得很多知心朋友。这些朋友，将是我们一生的财富。大学二年级的时候，我经老师介绍加入了学校的学生服务网站——"天外天"。在那里，我开始学习软件的相关知识，在老成员的指导下，完成了一些项目。在工作中，我逐渐认识到我的兴趣所在。我喜爱计算机程序的一丝不苟与复杂的构架，希望将计算机程序应用到生活中，解决实际问题。我可以借着在"天外天"的工作经验，找到一份计算机专业的工作。但是我认识到，我的知识水平还很不够，想要在IT行业立足和做出成就，必须经过进一步的学习。我决定通过报考研究生来实现自己的理想。在经过了自身实力和考取难度的评估后，我选择了北京大学的软件工程专业。

坚持目标：追逐梦想

找到了奋斗目标以后，我觉得生活好像重新照耀起了阳光。我开始疯狂地收集考研信息，准备考研。大三下学期开始，我便辞掉所有现任职务，全力复习。对于我个人来说，考研的重要性不亚于第二次高考，而且这次目标更清晰。由于是跨专业，我开始如饥似渴地学习考试科目要求的五门专业课和一门基础课。现在回头看来，那段时间是繁忙且充实的，我制定了严格的时间表，旁听了一些课程。每天都会感觉很累，但是又会感觉很开心，或许这就是理想的推动作用。

在复习的关键阶段，我似乎进入了一个平台期，学习效率低下，模拟分数很低。我一度怀疑自己的能力，是否足以让我实现我的理想。考研的最后阶段正是北方最冷的时候，身边很多人开始放弃了，但我没有动摇，我知道自己没有退路，我也相信只要自己努力了，结果不会很差。

当收到北京大学研究生录取通知书的时候，我知道自己成功了，一年的功夫没有白费。

大学四年，经历了很多，从开始的迷茫，到后来找到自己的兴趣所在，直到为梦想努力和实现梦想。在整个过程中，我体会到天道酬勤的道理。只要我们能够不停息地去尝试、勇敢地坚持，找准自己的定位，我们一定能够实现自己的价值。

【读后感】

《勇于尝试，敢于坚持——我圆大学梦》有感

高二（14）班　张鹤来

看了北京大学软件工程系研究生何畅彬分享的他高中和大学的真实经历和感悟，我深受启发。

高中和大学是人生非常重要的一段经历，这几年甚至决定了一个人未来的人生走向，尤其需要把握好。

毫无疑问，何畅彬同学的高中和大学经历赢得很漂亮，给我的启发如下：

（1）要吃得苦中苦，必须有苦读精神。

（2）要掌握学习方法，梳理出每个课程的知识框架和脉络，管理好时间，提高学习效率。

（3）高一、高二阶段仍要积极参与校园活动，培养和发现自己的兴趣和爱好，提前思考大学专业的选择。

（4）要有目标感，必须确定自己的奋斗目标，有目标才有奋斗的方向与动力。

（5）始终自信，每个人都可能有学习与生活的低谷期，要学会坚持不放弃，要学会自我激励。

何畅彬同学的高中和大学经历可以说是一个成功范本，是非常值得我深思的。拥有一个怎样的人生取决于自己的选择，高考的号角声已然在耳边响起，"闻鸡起舞，只争朝夕"，为高考一战而拼！

希望你们过得比我好

中山大学化学化工学院　刘　蓉

【作者简介】

刘蓉，教苑中学2009届高三（6）班毕业，以高考总分638分的成绩取得2009年教苑中学高考第一名，被中山大学化学化工学院录取。

指缝太宽，时间太瘦。转眼间已是八月二十六日，中国的情人节——七夕。在这充满中国式浪漫的夜里，我叮叮地敲着键盘写下给你们的信，心里满是感慨。虽然不曾相识，但还是对你们充满了祝福。希望你们不留遗憾，过得比我好。薄如蝉翼的一张纸，运气好时，被老师推荐一下，有的同学也许会认真读一读，找到一些有用的信息；运气不好时，则直接被用作他途，用来折纸飞机，或用来擦桌子。不管怎样，只希望不曾相遇的、微不足道的我，也曾给你们带来过帮助。

一年前，我对自己说，要考去北京。因为北京有名字奇怪的胡同，北京有鸟巢，北京有五棵松，北京有《恋爱的犀牛》，北京是一个充满了中国韵味儿的可以追梦的地方。可是，一年后的现在，我收着同学从北京发来的短信，却只能心里实在很不是滋味地说"恭喜恭喜，以后去找你玩"。这时候，你更深刻地体会到高考的强大。

王尔德说："对于忠告，你所能做的就是把它送给别人，因为它对你没有任何用处。"而这些对我不再有用的忠告，希望能在你们这里找到归宿，实现它们的价值。

我们之前教室的倒计时是从还剩300多天就开始的。那时候觉得高考还很远，不用太心急，于是我仍然不紧不慢地走路、吃饭、讲话。但不得不说，现在的我深深地悔恨着。我并不希望一年后你们像我这样后悔自责得快咬断舌头。所以，**忠告一：在最短的时间内找到自己的学习节奏与生活节奏。**要感觉身后有面小鼓在咚咚地敲，催促着你的节奏快起来。

接下来，主要还是从高三学习的五个方面来浅谈几小段。

一、必须学

学的理由有很多种，不论是哪一种，这一年里好好学都是必须的。行动不一定带来快乐，而无行动则绝无快乐。人生的境界有很多种。有篇满分作文里也说过："红翼蜻蜓立于草蒲的碧叶上，白的蛱蝶和酱黑的蝉停在枯黄的荆木枝上，而闪烁的萤火虫却在风清月白之夜飞舞。选择不同，可都美丽。"然而，即使现在高考已不再是唯一的出路，但它仍是我们成长道路中一次很重要的总结和评比。没有收获高分和考上好大学并不是一生的失败，但高考的成功绝对是你人生值得铭记的一次成功。因为自己打拼过，以后才无怨无悔。

教苑有很多认真上进的学生，同时也有很多无心学习的学生。也许家庭条件太优越的某些学生，靠着努力的父母就可以过得很好，完全不用担心未来的生计，甚至一句话就可以飞到国外读大学。但无所事事过完高三绝对是可悲的。米虫们过得再奢侈，也应觉得可耻。坐在教室的角落混了一节课，和同样无所事事的人在操场混掉整个晚自习，只能说虚度的光阴让你的青春显得苍白单薄，毫无生气。有一千个不认真奋斗的借口，就有一千零一个应该奋斗的理由。快成年的我们，应该学着成为一个对自己负责的人。认真学了，才能体会到学的乐趣，学习并不是谣言中的枯燥乏味，令人发指。**忠告二：无怨无悔，为高考奋斗到底。**

二、勤奋学

上帝保佑起得早的人，高考也是。我自己本身已是多年的"夜行人"，晚上精神倍加好。但白天总是精神不佳，得不偿失。最近开始转型做"晨型人"，不是做广告，脸色都好了很多。早上空气清新又凉爽，比较适宜记背。所以现在的我不赞成某些同学在寝室开夜车的行为。一点微微的灯光很伤眼睛，弯着背，低着头，脖子会熬出病，一个寝室六个人随便一个话题就聊开了，提心吊胆地怕生活老师推门而进，更加无法静心学习。**忠告三：按时就寝，早睡早起。**睡前听听VOA或喜爱的歌曲都是不错的选择。至于那些玩PSP玩到第二天凌晨三四点的同学，还是趁早打住的好。

当然，只是早起还不够，勤奋的一个要求是你手写得比别人快，脑子转得比别人灵光。所以，勤奋的另一个要求是快节奏、高效率。不要求每分钟都学，但要求学的每分钟都是有收获的。把时间计划分配到位，及时完成。定下终极目标、阶段目标，再分为周目标、日目标来实现。紧张而有序，效率是关键。不然耕耘一季，却颗粒无收，是很划不来的。

三、专心学

我们班主任SOSO有句名言："心如止水，气势若虹。"都是青春期的孩子，我很能够理解做到这一点是多么的艰难，需要多大的毅力。有太多东西没法轻易放弃，有太多人和事那么轻易就搅乱自己的心。可是高考并不会等你静下心来后再到来。得记住，高考是当前唯一的目标，素质教育先靠边站，爱好、担忧、杂念也都暂时靠边站。那些青春期的、敏感的心和感情更应该学会理智、成熟。卿卿我我热恋的红男绿女们必定会随着高考的结束而劳燕分飞，花前月下的缠绵往事只能给日后的记忆带来悔恨与痛苦。两情若是久长时，又岂在朝朝暮暮？多得分、得高分才是现在唯一的追求。

这样说很势利、很现实，也很没年轻人的情调。但没办法，大战在即。一年的奋斗也许会带给未来的你十年的轻松与幸福。把所有的鸡蛋放到一个筐里，全身心地投入，别考虑后路。**忠告四：像谈恋爱般既用心又专心地对待高考，但不在高中**

谈恋爱。

四、理智学

学是有方法的，这是句被说了N+1遍的话。孔子N多年前就知道要因材施教，显而易见，学习方法也是因人而异的。老师和同学总会介绍很多好方法，大家应该有选择地选用，不要一锅煮、大杂烩。找到最适合自己的才是最有效的。平时也要向周围成绩好的同学虚心学习，或许会得到很多高效的独门秘方。

重要的是要通过平时的考试与练习，知道自己是在哪些知识点、哪些重点章节上有欠缺。然后对症下药，及时补好这些漏洞。已经完全掌握的大可不必每天练习，把有限的时间与精力投入需要的地方才是高效、聪明的方法。**忠告五：过滤式复习。**

五、健康学

这里的健康指的是心理的健康。在备战高考这场持久战里，心理素质尤为重要。好的心态是成功的一半。

1. 忌骄傲，忌轻敌

这句话对教苑的优秀学生来说尤为重要。高考是全广东省的一场较量。即使教苑第一，在广东省那又会排到第几呢?在教苑考试，因为自家老师的原因，似乎最后改出来的分数都还很可观，名次更是令人兴奋得意。很多同学和家长往往被这种假象迷惑、骄傲、满足，以为可以高枕无忧。但要知道，那都不是高考的真实模样。所以我建议，把自己在平时考试中的分数减30分后再去看那些大学的往年录取线，看看自己离目标还有多远。认清自己，认清距离。

2. 忌灰心，忌放弃

每个人都是有希望、有未来的。关键在于自己的坚持与追求。上高三后，考试渐渐多起来。不可能每一次都那么顺利，更要用一颗平常心看待成绩的波动。成绩波动要从学习方法和效率上去查找原因，考试不理想，一味地垂头丧气不管用，这只会影响你接下来的学习。跌倒不丑，丑的是跌倒后不愿爬起，更丑的是自己以灰心沮丧为理由，跌倒两次。如果自己始终觉得心里有块大石头，应该及时、主动地找老师和家长，他们永远是最好的帮手。

3. 别自私，放宽心

因为高考实在太重要，很多人变得很小心眼。好的学习资料，自己偷着用；舒服的自习室，自己偷着去；紧张每一次考试的名次，讨厌任何打扰自己学习的人。他们以为这样自己能最大限度地获得成功，其实不然。善良的人总是会受到更多的偏爱。把身边的每位同学都看成战友，一起去打一场艰苦的战役。好的资源，应该共享，这样大家可以得到更多的好资源，相互进步。同时，一颗轻松愉快的心又能带给你饱满的精神和清新的空气。

当然，高考不是不可战胜的，不要出征前就被吓倒。无论是考得好还是考得不好，考得上还是考不上，都不是世界末日。高考只是人生中的一道坎儿，而人生中的坎儿多了去了。凡是多的东西，都没什么大不了。要有信心，你们会做得比我好。

许慧欣有首很好听的歌叫作《七月七日晴》。希望六月七日一样晴，晴在天空，更晴在每个考生的心里，因为对他们来说，无论结果如何这一天都正好可以用范冰冰的另一首歌《刚刚开始》来形容。

静静心，易发挥；动动脑，考得好。最后祝大家微笑迎考，梦圆来年六月。Fight! go!

【读后感】

《希望你们过得比我好》读后感

高三（2）班 林春桂

"希望你们过得比我好"，一句简短的祝愿蕴含着真挚之情。细细品读作者给我们的建议，获益匪浅。正如作者所言："高考是我们成长道路中的一次很重要的评比和总结，自己打拼过，才无怨无悔。不能让虚度的光阴让我们的青春显得苍白单薄。有一千个不认真奋斗的理由，就有一千零一个应该奋斗的理由。"让我们心如止水，气势若虹，把学姐的忠告当成最闪耀的星光，坚定自己的方向！

人生，若有决定要行之事，不如潇洒上路！人，就是在对自己的征服中长大、成功的。碰壁，总是会有的，但也恰恰因为碰壁，才会让我们笨拙的外壳迅速地脱落，长出更坚硬的羽翼。摔倒了不算什么，擦干眼泪，带着伤去拼搏。向成功暴走，别为谁停留，时间会见证惊心动魄的不朽！总会有星光在黑暗点亮，总会有彩虹在雨后的阳光绽放，六月那蔚蓝的苍穹上，写有我们最纯真、最美好的梦想！

珍爱生活，感恩高三

深圳大学　李权进

【作者简介】

李权进，毕业于深圳大学管理学院，爱好文学，喜欢读书，勤勉好学，从小学到大学一直保持了做事认真的优秀品质。

时间之深刻在于见证，生命之凝重在于承担。时间流逝与生命脉搏赋予了我们人生的激流，高三那股具有极强生命力的激流，溅起了无数的浪花，洒落在我们的心间，渐渐地凝结成一块透彻的水晶。走进高三，呼唤希望、信心和珍爱的力量，以承担生命中的水晶之重。

坚定信念与希望，求真、求善、求美。高三，一条充满了泥泞而凹凸不平的路，需要经过风雨的洗礼，才能真正展现它原来的真义。然而，当踏上这条路的瞬间，有的人蓦然回首，依然沉浸在昔日的悠闲自得，来一句"活得自在"；有的人四处怅惘，看着那条似乎被泥泞遮盖得"面目全非"的高三路径，早已无所适从；有的人眺望远方，却感到天地间浩如烟海，迷迷蒙蒙，混沌一片，不知所向；有的人画地为牢，只是一味地低下头，不敢跨越雷池一步，作茧自缚；有的人索性闭上眼睛，甚至以为天地万物早已消失在黑夜的吞噬之中了，一切将归于"气"，连自己都似乎已经超脱于"三界"之外，逃避现实。然而却有一种人，在他们的脸上常常露出微微笑意，给人以欣欣向荣、自由和希望之感。他们的心中总是充满着无穷的希望，即使是面对着艰难险阻，依然欣然乐观地接纳，赋予阳光雨露，他们从来不会迷茫逃避，也不会感叹惆怅，更不会故步自封。他们向往美好，憧憬未来，追求人生中的真、善、美。走进高三，我们需要的是坚信希望。希望之光可以给予我们学习、工作和生活的激情，赋予我们获得无穷力量的源泉，从而带领我们冲破重重艰难困阻，让我们周围充满了温暖与热爱。我的一个老师曾经跟我说过："其实，世界上根本不存在解决不了的事情，也不存在无限黑暗的事物，事情解决不了或者认为事物无比黑暗，究其根本原因，就在于我们的态度，态度决定一切。"著名的物理学家霍金，自小就患有先天不足，也许这是时间与生命对他的严峻考验吧。他的生活中似乎什么都没有了。他小的时候也曾经自暴自弃过。但随着时间与生命的推移及演绎，渐渐地，他在自己的想象中看到了希望，他学会了在希望中寻找希望，学会了对人生真、善、美的追求。希望给他创造出了一片清新自然的天地。他开始执着于对真理的追求，他希望自己有一天能够自我实现，贡献社会。通过艰苦努力，他最终在希望中创造出了《时间简史》这部伟大的著作。由此可见，只要我们心存希望，怀着一颗炽热之心，路始终会被它的火焰所照亮，我们要在希望中寻找和创造希望。

升华信心，乘风破浪，直挂云帆济沧海。高三是量变到质变的关键节点。高三学子应信心满满，希望之光可以为我们带来光明，为我们指明方向，能够让我们得到恒远的力量。信心的第一个层次是：人各有志，志当存高远，燕雀安知鸿鹄之志。一代伟人孙中山曾经说过："学海汪洋，毓仁作圣；大学毕业，此其发轫。植基既固，建业立名；登峰造极，有志竟成。为社会福，为邦家光；勖哉诸君，努力自强。"走进高三，我们的迷失往往是因为缺乏方向而造成的，因此我们必须在尽可能符合主观与客观环境的前提下，确立适合自己的目标与方向，奠定信心的根源。"鹰，总是向往着蓝天白云的。"信心的第二个层次是：步步为营，韬光养晦。所谓步步为营，就是让我们进行耐心的积累过程，在这种积累过程中，涵盖了知识、方法、能力、思维、个人修养等方面的综合积累，其在乎的是实实在在的获得，而不是投机取巧或偶然拾获；韬光养晦，让我们学会忍耐，具备"忍"之智慧，同时让我们学会静心以待，正所谓"静以修身，俭以养德"。诸葛孔明也曾经说过："非淡薄无以明志，非宁静无以致远。"综观历史，大凡有所成就的人物，如马克思、陈景润、爱迪生等人，无不经历过自身思想的自我洗礼，进行了长期持续的知识和素质的沉淀，从而才能奠定他们辉煌的明天。因此，在高三这段独具色彩的道路上，我们需要的是一种静心等待的精神。这种等待强调的是站在现在与未来的支点之上，而不是沉湎于过去。等待的真正意义在于把握。信心的第三个层次是：脚踏实地，自强不息。"海阔凭鱼跃，天高任鸟飞。"只有强大，才能飞跃。其实，高三的路并不是真的如此漫长和苦涩，而是充实和令人激动的。在这个领域中我们能够感受到自己在激流澎湃中奋勇直前的气概，也许一切都是因梦的开始而开始，"梦想支撑了我的过去，同时支撑着我的现在，更将会永远地支撑我的未来"，脚踏实地，自强不息，勇往直前。拿破仑曾经说过："最困难之时将是我们离成功不远之时。"升华我们的信心，让这三个层次紧密地结合起来；坚定我们的信念，用心去谱写我们的路。执着，是人生的一种境界。

拥抱珍爱，它是珍惜、感恩、感动。珍惜高三的日子，感恩有这么一段人生历练。国际知名学者大卫·威斯科特博士在他所写的《静思录》一书中有这么几句话："我热爱我的生活，热爱我热爱生活的方式，我希望带给自己最好的一切；我牢记我要达到的最佳状态的梦想，我脚踏实地地努力，直到梦想成真的那一天；我不会强求别人接受我，我不会四处寻找爱，我只想做真正的自己，对上天赋予我的一切心怀感激。"珍爱是一种珍惜。世界上最为宝贵的事物并不是我们失去的或者未获得的事物，而应该是那些就静静地留在我们的身边，而却又没有被我们牢牢把握的事物，学会珍爱我们身边的人和物；珍爱是一种感恩。"幸福源于一颗感恩之心。""所谓幸福，就是理解并且接受你现在的状态"，因此当我们遇到痛苦的事情时，请让我们常怀一颗感恩之心，乐观积极、坦然地对待一切。当一切都过去之后，蓦然回首时，或许我们会发现：痛苦，原来也是一种美。珍爱是一种感动。因生活而感动，时时刻刻提醒自己：正因为有了生活，我们的人生才充满了各种色彩，即使是酸甜苦辣，也是我们生活的一部分。我们除了学习与工作之外，还有生活，让我们充满希望、感动地生活。在高三的日子里，我们面临着各种挑战。然而，当我们的生活灌注珍爱的精神——珍惜、感恩、感动，展现在我们面前的将是一片广阔、自然而深远的崭新天空。在《静思录》中还有这样一段内容："生活之路鲜有平坦舒畅的——上面布满了坑坑洼洼，危险的弯路比比皆是，虽然有平缓之处，但迂回曲直仍数不胜数。在这种道路上行进很容易迷路，但我们却不必灰心丧气，因为我们的身边充满着爱。"无论何时，让珍爱成为一种人生心境。

时间的无痕流淌，见证了生命的运动历程，承担着生命中的水晶之重。在这个过程中，希望、信心和珍爱却又深刻地赋予了时间见证的真义，让我们学会了思考，学会了感受生活，学会了寻找和追求人生的真谛。当我们走进高三这一片天地之时，我们心中默默地惦记着三个字，那就是——我愿意！

【读后感】

《珍爱生活，感恩高三》读后感

高三（1）班　陈若鹏

这是一篇关于如何圆了大学梦的文章。其实，如果我依旧写什么奋斗、拼搏的字眼就太没有我陈若鹏的风格了。这种大道理应该由同学们自己感悟。我要说的是选择。

我很喜欢阿尔贝·加缪的《西西弗的神话》。它开头讲的就是哲学上的自杀，其实就是如何选择。你是选择和命运抗争，还是选择屈服。我们坐在教室里，看似平静、波澜不惊，但实际上还是要面对很多选择。是选择认真学习，还是选择努力娱乐，或者是选择寻觅爱情。在我看来，这些选择无所谓对错。看你的心中什么更重要罢了。如果你对自己做出的一切都能够承担责任，永不悔恨，那么在我看来，你很伟大。不论结局怎样，一个人如果能够明确自己想要什么，哪怕只是很微不足道的一件事，都是值得认可的。

我的大学生活感悟

中山大学　佚名

【作者简介】

佚名，毕业于深圳顶尖学校深圳中学，以优异的成绩考入985重点大学中山大学，有着良好的学习方法和优秀的学习习惯。

我是一个普通的大三学生，在中山大学读书，过着每个人都会过的大学生活，没有刺激，没有意外。当要执笔写这个题目的时候，感觉心情很复杂，一方面好像是对自己的大学生涯作出总结，另一方面却要把共性和特殊分开，怕自己以偏概全，徒惹笑话。但是作为一名普通的大学生，我应该能够提出一些现实的建议和看法，给各位憧憬大学、即将进入大学校园的高中学子一些借鉴与参考。

一、选择适合的专业

由于中国的教育资源有限和其他主客观因素，许多学生在填志愿时可能都填写了服从志愿调配而就读一些自己不是特别感兴趣或者报考时候理解比较少的专业。许多人就在这样的唏嘘抱怨中浪费了大学的美好时光。对于这样的现象，应该提前有心理准备并且保持理智的态度。大学可以转专业，但是机会不多，而且要付出一定的代价。建议先学一行爱一行，然后等到自己的成绩和对专业的理解上升到理性程度的时候，再考虑专业的发展前景与自己的能力兴趣是否相符。

二、最少有一项课余爱好

这项爱好要保持4年，最好成为你的特长，而且是比大多数人好的那种。这样会使你大学生涯既不会无聊，又有成就感，对你以后的工作和生活都极有好处。我高中时候就在学校拿过长跑金牌，从此一发而不可收，经常都会跟一些志同道合的人一起训练。在大学城这里，内环路是天然的训练场地，每晚都有许多人在这里散步或跑步，4公里的路程完成之后，感觉今天又做了一件了不起的事情，身心都得到满足。这样的习惯也为我赢得了不少的光辉历史。在大三这一年里，我一天就拿下了三块金牌，算是对自己有了一个交代。我们都爱自由，喜欢得到他人的认可，如果有一件事情，当每个你认识的人谈起的时候都想起你，那这就是你的特长了。任何热爱生活的人都希望将世界建设得更美好，所以应该提倡每个人在他感兴趣的领域出类拔萃，做到极致。每个人的小宇宙都得到最大限度的爆发，每个人的生活空间都变得美好，这样我们才能达到人的最高自由吧。

三、要有运动的习惯

至少每周运动一次，当然运动成为你的爱好和特长最好。推荐男同学选择篮球、足球、网球等，女同学选择乒乓球、羽毛球、台球等。好处是：能使你健康、快乐、减少压力，丰富课余生活，保持好的身材。如果你把这个习惯保持一生，你就不用担心自己什么时候会有啤酒肚或过早进入更年期。其实，大学生都有共同的健康观，到处可以看到练习跆拳道、柔道、瑜伽和拉丁的同学。这可能是大学比以前的学习经历丰富的一个重要方面。现在人类社会的污染很严重，经常见到因为得了重病而要募捐的，我们同情并且表示自己的关爱之余也要学会爱惜自己的生命，毕竟那是你在世界上所有活动的根本，特别是从事计算机行业的同仁，经常要熬夜赶项目，即使你是做管理的，也少不了要为了业务而奔波。所以很多用人单位会倾向于招收身体条件过关的人，这也是可以理解的。毕竟每个人在企业内部都是一颗螺丝钉，没有人希望一个机器的零件经常劳损。如果你糟践自己的身体，迟早会成为弃子。

四、要培养一种大学生的气质

当然最好要有比较高的修养、风度，要关心社会的弱势群体，做一个正派的人，坚强自信，和而不同。记住并不是每个读过大学的人都有这种气质。这种气质的培养与你的阅读有关，与你的交友有关，与你的观念倾向有关，与你的教育经历有关，所以当我们见到一个很有修养的人才会觉得难能可贵。

现在中国大学生中普遍存在的现实是，一方面抱怨教育与社会和就业不挂钩，另一方面又肤浅地把教育当成了掌握职业技能的过程。其实单纯的技术教育并不能告诉我们生活中哪些目标是值得追求的，我们在追求的过程中采用的方式是否合乎正道，怎样才能使自己的智能得到最大的发挥。而且技术经常在变，思想比技巧其实更加重要。我难以想象一个只会跟数据和理论打交道、内心却没有正确的价值观的人的存在，那是多么卑微、多么昂贵的堕落。

五、多交朋友，和所有同学保持好关系和联系

这是你一生的财富。找一位学长、学姐、老师当生活或者学习的向导，绝对很实用。大一的学生，对学校的很多规则制度，对专业的学习内容和方法，都有很多的未知。如果能够结识一个在这些方面给你指导的前辈，那是很难得的。当然，这样的机会少之又少，而且天上不可能掉馅饼那么碰巧砸到你。所以你既要学会自立，也要努力学会辩证地交友。大学里有很多搞销售的团体，其合法性先不论，但是通常都是受到经济利益的驱使而接近人的，个人觉得这样的交友并不适合所有人。当然大学校园里肯定是心地善良正派的人占主流。如果要我写下几件大学最值得回忆的事情，我肯定不会忘记我们的班队一举拿下足球赛冠军的一幕幕场景，还有接力跑创造纪录的一次次交棒，以及那些载满我们的美好心愿飘向远空的孔明灯。大学啊，终于懂得用自己的真心去和朋友打交道，也是我的一个收获，人跟人打交道不可能不做出让步的，但是中国人礼尚往来，会回报的人才是真朋友。起码现在我是这么想的。

六、常给家里打电话

这也许是你让父母开心的很少的几个办法之一。我们上大学之后，父母难免有

空巢心理，特别是独生子女家庭。父母年纪大了，身体越来越容易感觉不适，作为子女的我们应该经常跟父母联络。我们当中的许多人有一个误区，经常见他们蹲在门口跟女朋友打电话，对父母的事情却很少关注。一个连父母都不爱的人，通常是很自私的。

七、给自己一个职业规划

有目标和有计划才会成功。现在毕业之后的出路多了很多。无论是就业，还是报考公务员，是保研还是出国，都是比高考时还要开放的一个题目。建议先和父母多沟通，毕竟中国人还是家庭观念很强的，父母的意愿对你的发展影响是很大的，也是值得尊重的，缺乏这一层共识之前所有的规划都是有点任性的。当然你的人生是你自己的，所有的选择题最后还是得由你自己去做。另外，许多人也简单地把自己的人生定位在找一份稳定的工作上，对此我不置可否。但是我总觉得父母用了大半生的时间耗费了那么多的心血培养我们，肯定希望我们能够实现自己人生的价值，不是为了找个中小型企业奉献自己的青春。所以建议大学要多问自己内心真正觉得值得的人生是怎样的，理想与现实有没有契合，然后为之努力，起码到最后要告诉自己，无悔每一步的选择。

八、学会上网找到自己想要的信息

学会解决生活中的种种事情，自己解决不了的，学会求助。学校有很丰富的网络资源，特别是论文数据库，经常登录进去下载一些资料来看看，与现代中外最精英的知识分子群做思想的碰撞，通常会给你手头的研究项目带来柳暗花明又一村的惊喜。我觉得搜索引擎是人类一个重要的发明，如果没有了它，人类在信息过载的今天一定会茫然失措。试想一下，谁能够博览每天以几何级数增长，特别是许多和你现实的研究工作还没有太直接关系的学术论文及著作。经常有同学问我为什么看书那么快，经常抱怨他们努力看了一本书之后却没能达到预期效果把手头的工作完成。我想这是一个误区。就是因为承认自己在现实面前的无能为力，所以我投以更加现实可靠的工具——搜索。这样我也能够比较集中精力进行创造性的思考，许多前人完成的工作不用自己重复操作，都可以为我所用了。当然进行软件开发的人要尊重知识产权，即使有开源，很多事情也要按照行规办事，江湖之道义也。

九、永远不要把英语给忘了，四六级越往后越难过

我在高中的时候就读完了6册英文版的《哈利·波特》，还有福尔摩斯的所有经典。从那时候开始感觉自己有点学到英语的感觉，毕竟不用再整天捧着人教版的教科书看Han Meimei和LiLei那些千篇一律的对话。对于有意向出国的朋友，提高英语能力的最佳方法就是读英文原著。许多人到大学就没有完整读完一本书的决心了，很多时间都奉献给了那些粗制滥造的网络文学。我觉得经常读一些经典的外文书或NewYork Times畅销书对自己的观念培养是颇有裨益的。当然大学还能学习小语种，社会现在的同质化现象很严重，差异发展在我看来还是打不厌的王牌。不过学语言，要的是一个人的自律和投入，所以时间怎么分配还要看自己的职业规划和定位。当然有了一门新的工具，你就又打开了一扇新的窗口。毕竟学习阶段你还是不断和英语打交道的。求人不如求己，没有人能够依靠词霸得出可靠的信息。

十、做兼职

在学校一边上学一边工作和毕业以后的工作感觉完全不一样。我不赞成为了工作而荒废学业，但不体会兼职的乐趣又岂不是遗憾？况且兼职还可以让你有外快支持丰富的课余活动，同时积攒少得可怜但是很宝贵的工作经验。在中学的时候，我们很多人都是完全的消费者，没有收入，舆论也把花钱买名牌列入奢侈腐化之流。但是到了大学，还是有很多的机会去用自己的劳动力换取成果的，就跟社会一样，You want something，You work on it。其实人对好的东西和好的生活条件都有共同的趋向性，到了大学我们就要学会自己去争取。你得到了就有了成就感，就会为自己的生活目标更加努力。到了大学还是用一副不食人间烟火的模样来面对生活的人，在现实面前是不堪一击的。

总的来说，大学不是让人做梦的地方，大学应该是这样的一个过程，为了自己的梦想努力过，即使再多的困难，再多的不可能，但是我们走过，一直是昂首向前。人生很长，想通过几年的努力一劳永逸，是不现实的。但是起码精气神在，人没有白过日子，对得起自己。青春的岁月，即使失意，也应该是饱满的。

中国人如果一直用基本国情来托词，就永远没办法诞生大师；一个人如果一直用自己的出身和过往来限制自己，就无法超越自己。希望即将进入大学的高中学子能够把握那稍纵即逝的机会，做一个仰望星空的人。

【读后感】

《我的大学生活感悟》读后感

高三（5）班 周孜玉

读了《我的大学生活感悟》，使我跟优秀大学生有了一次近距离的心灵接触，眼界开阔了许多，心里敞亮了许多，同时我也在字里行间逐渐找到了一些出现在学习知识和追求理想征程中迷茫和困惑的答案。

感受最深的有三点。首先是"要有运动的习惯"。身体健康对我们很重要，特别是高三这一年，没有健康的体魄保驾护航，我们就没有能力胜任高三繁重的学习任务，实现大学梦就会难上加难，所以很感谢班主任让我们每天下午去操场跑5圈。我感觉自己精神充沛，体力满满。其次是"常给家里打电话"。古人说百善孝为先，父母辛辛苦苦把我们养大，含辛茹苦供我们衣食住行学习深造，天天挂念我们在学校的学习和生活，我们就应该多给父母打打电话，交流我们的学习生活等情况，减轻他们的焦虑和担心，增强他们内心的幸福感。最后是"永远不要把英语给忘了，四六级越往后越难过"。大学英语很重要，英语高考对我们现在更重要。我的英语一直不上不下，"保持稳定"，没有突破。读了作者的建议，我要立下决心在英语上有所长进，按照老师的方法和课堂进度，在单词、语法、阅读和写作上全面发力，全面推进，争取能在明年的高考中旗开得胜。

高考前一月的心理调适

——我圆大学梦

中山大学人文学院中文系　张　瑜

【作者简介】

张瑜，教苑中学2009届高三学生，高考成绩636分，学校文科状元。一直做政治课代表，工作认真，是老师的得力助手，无私地帮助同学，带领大家共同奋战、一起前进。

高中母校老师打来电话邀请我写这篇文章的时候，我正在春游的路上。虽然距离高考已经过去差不多一年了，这通电话还是轻易地就唤醒了往日的一切，高三那一年的人和事顿时浮现在了脑海里。接下来我会跟大家分享我高中时期的经验和心情。文章写得不好，如果觉得无聊，可以无视本文；如果看完了觉得浪费时间，就权且当作这是紧张学习中偶尔的消遣吧。

记得刚上高一的时候，我就已经非常畏惧高三，畏惧高考，只希望高考永远不要来临。这当然是不现实的，时间无情地从嬉笑玩闹中流过，高三终于到了，我幻想中的"噩梦"——迎战高考，降临了。记得第一丝的紧张气氛是从高二那年的6月9日，也就是上一届的学长学姐高考之后开始的。那一天之后，我们似乎从此就要告别从前轻松的生活，进入备战高考的忙碌和制式生活之中了。

　　高三的前半学期，隐约记得还是第一轮复习，我们把课本和基础的知识点都过了一遍。可能是因为高一高二我的基础知识都比较扎实，成绩一直都比较稳定，这一轮复习下来都没有遇到过大的挫折，比较轻松，我的成绩自然也没有什么大的飞跃。我不是一个奇迹的创造者，这一轮的轻松，都是前两年一步步打拼下来、一分分抢夺而来的。高三是个神奇的时期，可以在极短的时间内彻底改变一个人的水平，其中第一轮复习更是创造奇迹的土壤。对于原来成绩不错的同学来说，一轮复习是为后面的提高而做基础准备，巩固原先所学的知识。对于原来成绩不佳的同学来说，一轮复习是一个绝妙的重生机会，可能会比其他的同学更辛苦，花的时间更多一些，但是得到的奖励却是在短短几个月时间把从前没有掌握的知识一次抓到手。很多同学都在一轮复习后尝到了甜头。

　　高三的后半学期，气氛已经开始凝重了。时间越来越少，压力越来越大，越学似乎疑问越多，越学似乎越怀疑自己。一轮复习的优势在旁人奋起直追后已经不知不觉地消失了，每个人该懂的基础知识都懂了，今天你是第一，指不定明天你就变成了倒数第一，这是我当时最常挂在心里的话。在高三，人们最常说的就是坚持。一轮复习的时候或许你很好地做到了这点，但慢慢地到后期，巨大的压力伴随着成绩的波动可能会慢慢消磨掉自己的耐性。有些人或许会因一个小小的失败而自暴自弃，或许自己意识不到，虽然每天还跟以前一样在做同样的事情，但是做这件事时的心态与意志不同了，其结果也会随之改变。

　　心理在此时是十分重要的，特别是在最后一个月、半个月。试想一下，从小学，到初中，再到高中，十多年的时间，为的是什么？不就是这最后一战吗？努力了这么久，坚持了这么久，有什么天大的理由要在这最后的半个月放弃？即使你从来都是"吊车尾"，我不信你从来没有努力过，我不信这十多年来的学习生涯对你没有任何的意义。高考不是唯一的路，但选择了这条路，那就好好地走下去，天塌下来都要用背脊顶着，顶不住，撑死也要顶，坚决不当半路逃跑的懦夫！不管最后结果如何，起码对自己有个交代：我尽全力拼过了，就算高考只有十几分那也是我一分一分攒下来的！此时青春年少不奋斗，还要等到什么时候？这样，高考失败以后我也不会后悔：我从来没有对不起自己，没有对不起父母、老师，没有对不起未来。试着肯定自己，肯定自己的努力，鼓励自己的付出，让自己变得更加自信。咬牙坚持，坦然自信，你终将成为你想成为的人。

不要畏惧高考，高考实际上就是一场心理战。当时经常听人说，高考比平时的模拟考简单多了，我还不太相信。但当时看到卷子我的第一感觉就是：这种卷子，要考砸，真难啊！一般来说，高考的成绩都会比平时的成绩要高出一些。不过也不要过于放松，高考往往是眷顾那些细心又认真、紧张之中又不失自信的孩子的。考试的时候不要想太多，不要把什么都联系到一辈子上去，一题不会死不了人，你不会因为这一题而一生就毁了。高考不是唯一的道路，考完了你可以慢慢地选择。考试的时候集中注意力看着、想着、写着笔下的卷子就好了，别想那么多有的没的、浪费时间、影响心情。考完一科丢一科，一天考试结束，你可以做些自己喜欢的事情犒劳一下自己，听首歌，吃个味道不错的冰激凌，去操场上看看落日黄昏……调整一下心情，迎接下一场战争。

但是不管怎么说，身体是革命的本钱。最后一个月大家都要保重身体，平时要注意生活习惯，吃好睡好，爱护身体，熬夜在最后一个月是最不讨巧的行为。规律的作息会帮助你在高考的前一天晚上避免失眠，在考试的过程中避免瞌睡。在这一个月内，要把生物钟调整好，你金贵的大脑一天的兴奋期最好是正处于考试的那段时间。如果真的不幸拖着病体进考场，那也不要过分担心，知识已经贮备在了脑海里，题目是你练过无数遍的老朋友，不至于小小一场病就什么都不会了，说不定脑子一兴奋，平时想不出的东西都自己冒出来了呢。

现在你或许觉得高中无趣，高三苦，但等你真正地脱离了这些，你才发现这段日子是多么值得珍惜和怀念。想想你的老师，他们的时间全都给了你，天天为你操心，他们在你身边不离不弃地鼓励你、支持你；想想你的同学，他们与你站在同一条战线，面对着同一个敌人，你们共同努力着，相互扶持着；想想你自己，其实很幸福，自己要做什么一清二楚，目标明明确确就在前方：学习，高考。

高中结束，你或许到了梦寐以求的大学，或许去了意料之外的地方，但不管在哪，都很难再有这样的老师、这样的同学、这样的自己、这样的生活了。到大学快一年了，科任老师一星期只见一次面，在教室以外大家互为陌生人。再也没有了"同桌"这个称呼，每节课你身边坐着的都不是同一个他了。每个人都有各自的生活，同学之间不一定都是在同一条船上的战友。再也没有人来告诉你应该做些什么，怎么做了，所有的一切都要自己摸索，自己的人生要自己规划。有时甚至自己都不知道自己想要什么，该做什么……大学没有我们想象中那么轻松，大学的美好也是需要我们努力之后才能实现的。每天单纯地学习，目标明确的高三生活其实很值得享受，很值得珍惜。不要在拥有的时候不好好珍惜，在失去了之后才深深叹息。

记住，不管高考之后大家选择了什么道路，去了什么地方，都不要忘了今天你们曾付出的汗水，不要忘了这种奋斗的激情、这种坚持到底的精神、这种青春的力量。你们曾经如此拼搏过，人生还有什么可怕的呢？任何难关今后都再也不能把曾经在高考战场上磨炼过的你们打倒。有志者事竟成，一切的努力都不会白费。

"乘风破浪会有时，直挂云帆济沧海。"最后，祝学弟学妹们高考顺利，我在考场的这边，在大学的门内，翘首以待你们胜利归来！

【读后感】

读《高考前一月的心理调适——我圆大学梦》有感

高二（14）班 林晓妍

现在上高二的我读完这篇文章，就像是在扒着一扇小窗看高三的风景，看从高考的题海中脱颖而出的学长回忆他的过去，看已经跑过高考终点线的学长给我们速写一个备战高考的心态。虽然还没经历过高三，也没真正体验过如山般的压力，但这也使我感触深刻。

我同样也不期待高三的到来，直面高考；不期待面对高考失利，一切对未来美好的憧憬成为泡影，但却又渴望我也能早日站在彼岸。越是期待，越是对自己要求高，越是不敢面对失败，特别是在面对错过好几次的题的时候，总会情不自禁地联想高考时会不会遇到满眼难题，挫败感升级，这小小的焦虑时常围绕着我。"一题不会死不了人，你不会因为这一题而一生就毁了"，这一句犹如一块定心石砸醒了我，而且掷地有声。虽然"一分超过千人"的话也不失道理，但不论是在练习中还是在考试中，全身心地投入，脚踏实地地尽力完成，才是对自己最好的交代。我深以为然，并且坚信如这位学长所写的一样，只要目标明确坚定，埋头向前就是最好的答案。

梦难圆，终将圆

中山大学　徐　翼

【作者简介】

徐翼，山西吕梁人，现在中山大学法学院读研，本科在华南理工大学就读。

高考距现在已有五年了，但要落笔回忆五年前，记忆却丝毫没有模糊，大概是高三给人留下的痕迹太深了。就此文和学弟学妹们交流高三的感触，希望能给大家一点激励和思考。

一、关于学习态度

要不要好好学习呢？读到高三的人的回答大概都是"要"吧，不管是自己真心这么认为还是盲从，这好像都不应该成为一个问题。但是在高三要想有好的成绩，自己从内心认可学习的意义是至关重要的。我认清这个问题是在高二。初中是最叛逆的时候，不懂读书，同学里面"读书无用论"也甚嚣尘上，学习好的人在班上甚至要被孤立和排斥，被挂上"书呆子"的名号。当时班上被大家普遍尊敬的是两个人：一个家里有八座煤矿的老板的儿子，另一个是局长的儿子。他们有一个共同的特点：不用读书但人生看起来一定会轻松而美好。这种环境其实是很影响自己的心态的，因为当时确实看不清读书的意义在哪里，大人嘴里的考大学似乎离自己还过于遥远，显得并不紧迫。这种心态延续到高一，当时我们高中流行踢毽子的游戏，我也加入其中，把大量时间用于练习踢毽子的技巧。直到高二，有一个和我要好的、被大家公认脑子好甚至"天才"的同学和我说，他觉得他如果这两年好好努力的话，两年以后大概可以上一个普通一本。他的说法吓到了我，因为他在我心里一直是即使去不了清北，但复旦、上交还是有保证的。他这样说让我开始怀疑自己，难道真的要去三本读书了吗？从此之后我才真的花大心思来学习。现在看来他好像有点危言耸听了，但对于当时的我们，对大学和高考只有一个相当模糊的概念，这种模糊给我们以畏惧感，让我们不敢有过多的奢望。

我成绩的好转就是开始于这样一个心态的转变。学习态度是一切的开端，所谓学习态度，就是自己要在脑子里真正把学习当回事。对于高三的学生来说，就是要把学习当作自己最主要甚至唯一的事。有了这个观念才谈得上个人的天分和学习的方法。因为你只有真的觉得自己该学，才会自己去想办法把题弄懂，把效率提高。而为什么该学呢？我认为高考的核心意义在于我们作为十多岁的人，它使我们事实上第一次有了自己选择自己生活方式的权利。这是多么好的机会啊，我可以选择我想去的地方，想从事的行业，想认识的人，想看的风景，而这些还不够重要吗？不能给我们以学习的理由吗？

二、关于学习的努力程度

做到端正学习态度之后，我想大家心里都会自然而然地想要开始努力了，那么这里就有一个问题，怎么样才算是努力了呢？这里我先说说自己的经历。我的高中是要求学生早上六点二十到校的。这一规定从高一就开始施行了。而我亲爱的班主任从高一开始，坚持和我们一起早上六点二十到校，我现在回忆起来都会很感动。而高二之后，由于我内心决定要好好学习了，我就想怎么样能比以前更努力。所以就自己给自己规定，六点钟到校。晚上我们是十点二十下自习，回家、吃饭、洗漱，然后又开始学习，直到十二点十五，第二天五点半起床再去上学。中午下课之后回家吃饭，然后开始看书，午睡十五分钟之后又起床出发去上学。就这样的作息，我坚持了两年，并且在高三把早上到校的时间提前到五点四十。说实话，现在日常熬夜到两点，早上十点才起床的我，回想起当时的自己都有点感动与不可思议。北方的冬天，夜晚很长，五点多出门总能和星星相遇，街上时常覆盖着厚厚的雪，环卫工人还没有上班。到校之后我先到保安室把负责开教学楼大门的保安叔叔叫醒，他便披着绿色的军大衣，拿着一大把钥匙，哗啦啦打开门上的铁链。和我一同早去的还有我们班两三个同学，大家都很困便不互相讲话。但我体会得到，我们几个人每天早上都按时坐在教室里，就是对彼此最大的鼓励。

现在回想起来那场面甚至有点诗意，但是只有经历过才能体会连续一年每天只睡五个半小时的不易。但这里有一个误区，我这样做就叫做努力了吗？当然是，但也不是努力的全部含义，因为努力并不是单纯地最大化拉长学习时间，没有思考、总结而只是在时间上做到位，是会事倍功半甚至不进反退的。我们班当时有几位同学就是活生生的例子。他们可以做到每天比我学习更长时间，但不是早到，是在晚上挑灯夜战，学到深夜两点，然后中午也不回家，就待在教室学习。但是他们在各种模拟考中总是发挥不理想，甚至有时表现不如那些看起来远没有他们努力的同学。这是什么原因呢？其实从他们平时的学习状况里看得出来。一直刷题而不总结，和老师交流少，给自己擅长的科目时间多而对短板科目却关注少，这些都是原因。这里就涉及努力之下的学习方法的问题。

三、关于学习方法

做到努力之后，方法就变得非常关键。而我认为高三最大的学习方法就是时间的安排。因为在每个人的天分都是基本一样的情况下，学习时间分配在哪些部分上，哪些部分就会比别的部分更能出成绩。还是以我自己为例。我是一个数学极差的人，从小到大数学以及与数学相关的物理、化学、生物等学科，都是我成绩单上最不好看的地方。我的数学在初中一百二十分满分的时候只能考七十分，高中一百五十分满分只能考九十分，也就是刚刚及格。这也是我高二文理分科的时候选择文科的原因，对于理科我实在没有一点点天分。而在文科里，政治、历史、地理相对来说我都比较有把握，语文的分数虽然不高但也不会太差，所以限制我分数最大的障碍就是数学。我在认清这个状况之后，提出的解决方法就是在高三的时候，保证每天的学习时间中有一半是用在数学上的。我买来了市面上的各种数学主流参考书、练习题，甚至在早读课上做数学，在语文课上做数学（当然这样极端并不值得提倡）。我坚信即使我不擅长的东西，同样可以通过训练而熟能生巧，达到一个不错的水平。就这样，我的数学在高三时候有了很大的提升，可以稳定在一百一十分以上了。高考时候我的数学考了一百一十五分，虽然分不是很高，但对比我以前的水平已经是令人欣慰的了。不过数学还是给了我高考最大的遗憾，因为数学第一个选择题做错而扣了五分，就是这五分让我在报本科的时候没有达到中山大学的分数线，不过此时我也只能用"成事在人，谋事在天"来安慰自己了。

如上，我认为最重要的学习方法就是时间的分配。时间分配要建立在对自己的优势和短板的清楚认知之上，在自己的短板科目上，不能因为不擅长而排斥，反而要迎难而上，花大力气来弥补，可能这不能让短板变成优势，但起码使它不至于拖后腿。最后要讲讲语文。语文这一学科很特殊，它和你的基础综合素养密切相关，是所有科目里面通过刷题、看参考书等这些常规办法见效最慢的科目。我这么说不是因为我讨厌语文，恰恰相反，我时常在学习实在累了的时候，大声朗诵语文要求背诵的那些古诗文，在诗词里找寻心灵的放松。但是对于考试来说，以我的经验，在保证语文是正常分数的前提下，在高三时可以重点突破短板以及数学、英语这些提分空间大的科目。

四、关于志愿填报

关于高考考场上的心态，我这里就不过多着墨，因为心态的调整是因人而异的，而且只要前面学习的东西做到位了，上考场时心里自然有底。我这里想谈论的是关于考完试后志愿填报的问题。

真正上哪个大学，是在志愿填报的时候做出选择的。是去北方还是南方？是去一线城市还是其他城市？是选基础理论专业还是选应用性强的专业？选热门专业真的那么好吗？要不要服从调剂？这些都是需要慎重考虑的问题，因为这决定了你思想波动比较大的时期会在什么样的环境下生活，进而决定你思想认识的基本样貌和倾向。

我还是以我自己的选择为例，当然这里就不是建议了，只是分享一下个人的心路历程，以供大家参考。我是一个喜欢新鲜事物并且愿意冒险的人，所以我在填报志愿的时候除了填报一所上海的学校之外，都填了离家最远的广州。我当时的想法很单纯，虽然我之前从没来过广州，但是我想距离越远差异就越大，也就更新奇和精彩吧。当然来了之后广州确实没有令我失望。能做这一选择当然要感谢我的父母，他们也比较开明，愿意放我出去闯，而不是像很多父母一样为了方便照顾与容易适应环境而要求孩子报离家近的学校。其实我觉得在一个完全陌生的环境里更能让人发挥潜能。至于专业的选择，文科的专业其实并不多，我选择法学是因为我认为法学是一个兼具理论性与实践性的学科，它既不会离实践太远而显得不接地气，也不会离理论太远而显得庸俗与烦琐。当然专业的选择更多的是要依据个人兴趣。至于要不要选热门专业的问题。其实我认为热门专业不是一定要选的，就是因为它热门，所以填报的人多，就会导致录取时的风险，并且毕业以后从事这一行业的人太多，竞争压力也大。而冷门专业也不是一定的，只要自己真的有兴趣，就应该大胆地去选。所谓的冷门专业其实别有一番趣味（如我硕士时选的法律史专业），而且专业和就业不一定有直接联系，文科就更是如此，只要自己的综合素质够强，职业选择的范围还是很大的。

五、关于大学生活

大学是什么样的呢？我高三的时候憧憬过无数次，想必大家也一样吧。我还是以我为例，展示无数种大学生活方式中的一种可能。华南理工大学有一个巨大的图书馆，我大一、大二的空闲时间大部分是在这里度过的，倒也不是都在看书，我在这里看完了许多经典的电影。书当然也读，上大学之后我发现自己对民法、刑法等部门法实在提不起兴趣，所以我看得最多的是法哲学的书，虽然总是一知半解，看不太懂，但抽象的思辨带给人的乐趣也是迷人的。我大一还随大流加入了法学院的一个社团，结识了很多好朋友，也锻炼了工作能力。四年里我还申请了许多学生研究项目，参加过辩论会和模拟法庭大赛，写过几篇小文章在报纸上发表，辅修了金融专业。而到了大三的时候，我用了一年的时间来全力考研。我这四年没有好好做的事就是上课，成绩排名也不是最前，所以没有能够保研。不过好在考研期间找到了一点高三复习时的感觉，还是成功了。不过这是后话了。

六、结语

由于我离开高三已经比较久了，可能课程改革和考试的改革使我说的不完全适用，但是我觉得大概的道理是不会变的，在思考的基础上拼尽全力，就是对高三最好的回答。只有当你经历过，你回头看的时候才能坦然，才不会在以后责备现在的自己。不论好与坏，希望你都能在高三给自己一个机会。

【读后感】

《梦难圆，终将圆》读后感

高二（14）班　何徐丹

"上帝既造就天才，也造就傻瓜，这不取决于天赋，完全是个人努力程度不同的结果。"霍金已经永远地留在了2018，但他的这句话放到现在也不会过时。正如作者徐翼提到的，成绩的好转始于心态的转变，积累于每天的努力。

当然，努力也不是时时刻刻学习，而应该在衡量自己的优劣势后合理分配时间。刷不完的题随时会将我们淹没其中，我们能做的，只有迎难而上，勇立潮头，在紧张的高三生活中找到自己的节奏。

第二篇 中学教师篇

历经奋斗终圆梦

深圳市第三高级中学　刘 伟

【作者简介】

　　刘伟，高中英语教师，安全法治处主任，有多年德育工作经历，曾被评为佛山市十大优秀学校团委书记、南海区优秀德育工作者，深圳市高考先进个人，获得深圳市高考模拟命题大赛一等奖两次。

童年没有梦

我出生在四川省北部一个偏远的山村，那里高山环绕，梯田遍布，一年四季美景如画，宛如陶渊明笔下的世外桃源。我从小就是一个顽童，整天和一群孩子在院子里或者田野上追逐打闹，从来没有什么梦想之类的话。要是真有什么想法，那就是放学后不要回家帮父母放牛喂猪、砍柴做饭，而是跟村里的孩子们去溪沟捉鱼、下河游泳、上山追野兔、爬树找鸟窝。后来父母把我送进了学校。心里有点儿不情愿，暗想：有两个哥哥读书就够了，为什么还要我也读书呢？但没有办法，推推就就只好去了。学校坐落在我家后面的山脚下，前面是层层的梯田，两边是大片的槐树。夏天来了，槐树花盛开，像燃起千万根白色的蜡烛。群鸟在树梢上啾啾鸣啭，蜜蜂在花枝里嗡嗡地飞，整个学校像充满了馥郁芳香的蜂房。多彩的菊花在秋日里盛开，红的、黄的、白的、紫的，给学校披上了另一道盛装。一年四季，大自然的手笔把校园交替装扮成一个变化多端的童话世界，让人心旷神怡。

山村学校的条件自然是非常艰苦的。没有操场，没有跑道，只有两块石板拼在一起做成的简易乒乓球桌，算是学校唯一的体育设施。教室外面是土坝子，一下大雨就变成一片泥泞，时有孩子在这里摔跤滑倒。虽然条件差，孩子们却欢快地适应着这一份来之不易的所有。也可能是大家没有见过什么是富有，所以也就压根不知道什么是贫穷吧。山村缺老师，学校只好隔年招生。只有三位老师，也只有三个班级。下课后汤老师、曾老师以及李老师喜欢蹲在土坝子上一起讨论数学题目，捡一块石头作笔，在泥巴地上演算，如追击问题、相遇问题、一元一次方程等。我也喜欢凑热闹去旁听，偶尔提个问题，得到老师指点，从中学习了很多东西。到了六年级，要考初中了。学校一下子提高了学习要求。家离学校远的同学被要求住校。没有床，就在泥巴地上铺上一层稻草，再铺上席子，床铺就做好了。长大后看了一些革命电影，觉得这跟关押共产党员的监狱里的情况有得一比。一日三餐在学校吃。孩子们从家里带来大米，分成小组，轮流烧饭，有时候饭没有煮熟就吃到肚子里头。那时没有电灯，晚上只好点起蜡烛在教室里学习。很新奇好玩，我也跟着去凑热闹，跟同学们一起秉烛夜读。也不记得学到了什么，反正是经常把眉毛或者头发给烧了。混着毛皮烧焦的气味，教室里爆发出一阵阵笑声。

初中始有梦

那个夏天我告别了故乡，去很远的县城读书，因为考上了县城里唯一的重点中学——四川省苍溪中学。要翻过好几座大山，蹚过好几道沟壑，马不停蹄地走两个小时才能赶到公路边，再坐上三四个小时的汽车才能到达县城。第一次出远门，既兴奋又惶恐，既恋恋不舍又跃跃欲试。二哥送我去赶车，他背上沉甸甸的大米，我背上棉被和竹条做成的床板以及锄头，从家里出发。大米要交到学校食堂，锄头是农业劳动课用的工具。夏日正午的太阳火辣辣地烤着大地。刚一出门，就觉得一阵阵湿热的气浪从满是绿色水稻的田野里铺天盖地席卷过来，感觉一下子就像进入了一个无边无际的蒸笼，汗水哗哗地流下来。母亲也从家里跟了出来，在后面大声地叮嘱着已经重复了无数遍的老话。从她变调的声音里我分明感受出了母亲无限的牵挂与不舍。本身就已经就有些难过了的我，喉咙里顿时涌上一团酸软的苦涩。我特别舍不得我的母亲！父亲在我小学三年级的时候就因病去世，是母亲含辛茹苦养我长大。想到马上就要与母亲分别，就要与生我养我的故乡分别，再也忍不住的眼泪夺眶而出。脚下的道路深一脚浅一脚，变得一片模糊。我本想再回头看看我那土巴房子的家园，跟母亲说句道别的话，可我不敢回头。我怕被哥哥看见自己软弱的样子而丢了男子汉的英雄气概。索性一咬牙关，头也不回，大步朝村外的山路走去，淹没在无边无际的茫茫群山里。

上了学才知道我的学校是全国二十四所农村重点中学之一。学校有两个特色：一是与农业劳动相结合，二是高考升学率100%，本科率98.5%。这个数据是我上初一时才知道的。校长说，这个办学理念是传承了毛主席要求知识青年上山下乡劳动锻炼的教育思想。呵呵，我们从小就劳动，才不想在学校里继续劳动呢。

每周两次劳动课，到雪梨山上去亲近自然，修理地球。种蘑菇、给梨花授粉、割草、翻地、挑粪、割麦子、收橘子等，我们全干过。有一次改土，我们居然挖出了坟堆里的人头骨，吓得我们几个尖叫飞奔着去找班主任，被安抚好一阵才平静下来。不过劳动也挺好玩的。只要完成了任务，就可以自由了。我们几个顽皮的男生在草堆上翻来翻去，前空翻，后空翻，甚至从上面的地里一个筋斗空翻到下面的地里，落在草堆上。现在想来真够危险。但身体的柔韧性和力量也就是在那时练出来的，以至于后来体育老师让我去练体操。

在初中我是不务正业，主课不擅长，对音体美倒是兴致勃勃。

教音乐的杨老师是个老太太，快要退休的样子，声音却特别清脆悦耳，底气十足，吐字清楚。她上课时神情严肃，教授的知识却是满满的干货。只要认真听讲，就会有收获。还记得教我们唱歌发声的方法。老师说要面带微笑，鼻子两边面部的肌肉要往上扬，带动嘴唇向上，露出大门牙，然后口腔要自然打开，再发声，要感觉到气流从喉咙里出来后直接冲到口腔上颚。这样发出来的声音才集中，才有穿透力。我小时候一直喜欢乱吼乱唱，声音还可以，再加上老师的指点，发出来的声音居然有模有样，接近于老师所期待的那种效果。杨老师很希望我能把音乐作为专业来学。但是当时年幼无知，不以为然，认为这是"豆芽科""不务正业"，农民的孩子，辛辛苦苦考上重点中学，就应该努力"学好数理化，走遍天下都不怕"，自然没有把老师的话放在心上。尽管中学时经常参加校园歌手大赛并屡获佳绩，但我也没有把音乐当成一种目标全心地善待。顺便提及，大学时代我在校园歌手大赛中也曾多次获奖。在一次我们外语学院的会演中，我唱了一曲《小白杨》，哪知道《小白杨》的词作者、重庆作协主席、作家梁上泉老先生就坐在台下，他当场起身就要合影留念，并赠我书，大大赞美了一番我的歌喉。现在想起来，真荣幸，有点古人所说的"人生得意马蹄轻"的感受吧。不过他一语"为什么不学声乐专业？"竟让我一时语塞无以回答。回想初中时代，觉得自己很不成熟。如果当初听进了老师的建议选择了音乐，可能就是另一番艺术人生了。著名作家柳青说："人生路虽然漫长，但紧要处常常只有几步，特别是当人年轻的时候。"所以，我想对现在的学子们说，既然喜欢，就要遵从自己内心的想法，勇敢地去追求自己的选择。

真要说在初中阶段有所觉悟、有所梦想与追求的话，那还得感谢我的班主任张老师。张老师是一位年轻美貌的语文老师，不仅写得一手好字，课上得也相当出色，而且耐心、细心、贴心地关心着我们每一个学生，特别是对于我们来自农村住校的孩子，她更是关心呵护有加。那时我也不懂得为什么要好好学习，也没什么学习目标，只知道天天去篮球场上混，栉风沐雨，披星戴月，苦练球技。学习也不温不火的。每逢学不尽力的时候，班主任就神不知鬼不觉地从天而降了。"刘伟，这一段时间你学习上有什么困难没有？要努力哟，不能只是贪玩哦。"诸如此类云云。抑或是在教室门口，抑或是在校园小道上，都是思想洗礼的场所。几句简单的话足以让人感受到老师的关切与温暖。但是我那时还不懂事，根本不知道学习的目标是什么，不知道有什么方法能搞好学习，很快又把老师的话忘了。初中毕业本来想考个中专好早一点跳出农门，为家里减轻负担，也算是一个梦想吧，但是实力不济分数不够，铩羽而归。拿着成绩单去找班主任老师，心里惴惴不安，很是惭愧，责怪自己没有听老师的话好好学习。班主任老师对我的成绩似乎早有预料，一边安慰一边鼓励地说，考不上中专中师没有关系啊，还有重高读，好好拼搏，去考个大学更好。一语惊醒梦中人。我还有希望的啊。心里如释重负，重拾信心，再上征程。我常常在想，老师对学生的指导和影响太大了，有些甚至影响终身。现在自己做了老师，更知任重道远，使命艰巨。唯有用丰富的知识、闪光的个性、崇高的人格和优秀的品质去感染学生、影响学生，才能在他们迷茫的成长之路上点燃明灯，指路前行。我能安心、放心地去读高中，这得感谢我大哥的支持和决定，要不然的话我可能去读一个什么委培中专之类的学校，然后和他一样待在那个边远小县城里面了。

高中圆了梦

如果说初中阶段我在虚度光阴，那么高中阶段我确实在"洗心革面、重新做人"了。

高一的上半年是我思想认识的转折点，一是中考失利让我对自己的学习状况有了清楚的了解，二是生活的艰苦让我萌生了穷则思变的想法。学校离家很远，山阻水隔，交通不便，半年才回家一次，生活起居一切都得靠自己。其实初中三年我早已习惯了这种独立在外的求学生活。母亲无时无刻不在牵挂着我。难得我们村里有人进城，只要一有机会，就一定会捎点儿吃的、穿的之类的东西来。冬天来了，下起了大雪，群山一片白茫茫的。母亲又托人带来了棉袄与叮嘱。站在冷风夹着雪花的冬天里，瑟瑟发抖地接过邻居大哥带来的衣物，心里瞬间涌起一阵感动的暖流。"妈妈又寄来包裹，送来寒衣御严冬……"蓦然间我有一种流泪的冲动。母亲既是一个命运多舛的人，又是一个伟大的人。她以一己之力把我们兄弟三个养大成人，日出而作，日落而息，在那片贫瘠的农村土地上周而复始地、辛勤地耕耘着。岁月的风霜染白了她年轻的双鬓，生活的艰辛刻在她过早苍老的脸上。如果学无所成，愧对母亲的付出，也改变不了自己的命运。一个模糊的概念在我脑海里出现：我要考上大学。

高一的那个寒假永远铭刻在我记忆深处。假日在无限期盼中终于来临。我的心早就飞到万里关山之外日思夜盼的故乡。汽车在崇山峻岭中颠簸了几个小时后，我又翻过几座高山，蹚过几条沟壑，终于来到村庄外边的大山之上。漫漫长路，重重行囊，饥肠辘辘的我早已筋疲力尽。身子一歪，无力地坐在山顶冰冷的岩石上，任清冽的冷风洗刷着我近似一片空白的心灵。我俯视着山脚下的故乡。怎么跟鲁迅的故乡那么相似？"苍黄的天底下，远近横着几个萧瑟的荒村。"黑乎乎的房舍散落在村路两边，那一片被风雪侵蚀过的枯黄的田野，毫无遮拦地显示着万物萧条和一片赤贫。村落里听不见鸡鸣，闻不到犬吠，没有升起炊烟，没有飘来饭菜的香味，也看不到人迹，只有冷风吹过山林呜呜作响。这是我故乡吗？我记忆中的故乡全不是如此！我心里不禁一阵悲凉。祖祖辈辈、世世代代的命运啊，就被吞噬、湮没在这穷山荒野之间。他们始终没能走出这座大山，看看外面的世界。我心有千千结，情有万万重。一阵茫然无绪之后，心情渐渐平静下来。我想明白了：要想改变自己的命运、改变家乡的命运，唯有考大学，别无选择。想到这里，我浑身上下突然来了一股子劲，噌的一下从石头上站起来，雄赳赳、气昂昂地俯视山脚下的村庄和远处连绵不断、蜿蜒起伏的群山，就像手握十万雄兵的将军俯瞰千军万马奔腾咆哮的战场，内心无比强大与自信，感觉自己是如此顶天立地、气势万钧和不可战胜。毛泽东的诗词不失时机地在我脑海中回响："孩儿立志出乡关，学不成名誓不还。"金榜题名不求光宗耀祖，但求改变命运、报答父母、造福家乡。心里的苦闷与彷徨，顷刻之间一扫而空，烟消云散，取而代之的是豪情万丈，斗志满满。我暗下决心，立下壮志，奋进读书，考上大学！瞬间，我感觉自己有了无穷的力量。我振作起精神，背起行囊，迈出坚实的脚步，轻快地走下山去，拥抱我的家园。

现在回想起来，正是这一分艰苦，激励我立下了志向；正是这一分赤贫，赋予了我奋斗的精神。如果当时没有立下志向，我可能至今蜗居农村，一事无成。其实那时我们村甚至就连我们一个乡也没有考出过一个大学生，更别说本科生。但是世上无难事，只怕有心人。最后我不仅考上了大学，而且考上了重点大学。我想对现在的孩子们说，如果你拥有无忧无虑的富足生活，你应该倍加珍惜、不要虚度，优越的条件能让你在成功的道路上获得先机；如果你正面临着艰难困苦，你更应该珍惜，以此为志，发愤图强，亦可后来居上，宏图大展。正如孟子所云："天将降大任于斯人也，必先苦其心志，劳其筋骨。"所以珍惜这一份苦，记住："God helps those who help themselves."

学校里的条件自然是很差的。宿舍阴暗潮湿，老鼠无处不在，虫子夜夜光临，为我们弹琴唱歌，同床共枕。再加上梅雨绵绵，一时间，皮肤病风靡整个校园，了无绝期。脸上长满了癣，奇痒难忍的感觉记忆犹新。学校的饭菜也不能与现在相比。不说味道可口，就连最基本的卫生有时都不能保证。米饭里吃出过蟑螂，青菜里发现过蚯蚓，食堂锅边上经常出没老鼠。我们见惯不怪，照吃不误，津津有味。

身体照样发育，学习依然进步，充实自在、阳光朝气的感觉一直伴随着高中生活。

现在说起这些，不是宣扬苦难生活，只是忆苦思甜，珍惜当下。艰苦也罢，优裕也罢，都是外界因素，关键在于个人的对待态度和主观能动性。意志薄弱了，舒适的环境只会成为消磨意志的温床，穷困的境遇只会带来更多的灾难；意志坚强了，优裕的环境则是锦上添花、助人成功，而艰苦的环境就变成了一块磨炼人意志的磨刀石，好的钢刀会越磨越亮。尽管现在的孩子面临的困境与我们当年相比并非完全一样，但无论什么样的情况，都应该乐观面对生活，生活因你而改变。

读过了大学，我才觉得高中阶段是最辛苦的，而高三那一年更是苦中苦、难上难。一是课程难度加大，知识覆盖面广，随时考验着个人的基础知识和基本技能。二是课程辅导资料增多，时间分配吃紧，很难兼顾周全。三是大学招生人数少，十里挑一，即便你很优秀，可能也会名落孙山，要想出类拔萃绝非初中那样容易。常说一分耕耘一分收获，很多时候付出十分耕耘也可能没有一分收获，但没有耕耘绝对没有收获。所以，对于高中的学习，我认为除了踏实勤奋、刻苦攻读之外，没有捷径可走。我分享一下我的心得体会，与同学们共勉。

首先，全力投入。一是要全心投入。心无旁骛，不要有任何私心杂念或分心分神。花前月下儿女情长绝不为，攀比吃穿花钱享受绝不为，拉帮结派以强欺弱绝不为，欺骗师长逃学旷课绝不为。二是舍得花时间。花大量的时间在各门功课之上，包括理解、记忆、背诵、默写、做题、纠错、总结、反思等。不付出劳动就能把学习搞好，那是不劳而获的思想，除非是绝对的天才。三是吃透知识点，不要一知半解。无论是哪一科的问题，不管你认为重要还是不重要、容易还是不容易，只要觉得自己没有搞懂，就要刨根究底，不耻下问，切忌浮光掠影、浅尝辄止。征服一个问题给你带来的成就感还是很强的，是让人很享受的。四是形成知识网络体系。所有的知识点都不是孤立存在的，而是相辅相成，互为支撑。要消化所有的知识，能顺利迁移知识点，做题时才能融会贯通、举一反三。五是做题多练，提高解题能力。所有的学习活动都指向做题能力的提高。只会听讲做笔记、只会做书本上的课后练习，远远达不到要求。第一轮章节复习题，第二轮专题复习题，还有综合模拟题，都要广泛涉猎，认真对待，熟练掌握，做到见其题目知其考点，方有胜算把握。

其次，注重基础。夯实基础至关重要。记得高三数学模拟考试，我常常不及格，总是差一两分、两三分的样子才能考到90分。但是高考时我考了127分。这可是我所有科目里最好的成绩。我不觉得这是偶然，而是因为我平时一直注重基础知识的掌握和中等难度题目的得分率。模拟题经常偏、难、怪，并不能真实地检查与评价学生的基础知识和基本技能。数学老师告诉我们高考题目易中难的比例是20%、60%和20%，只要做好基础题目就得到了胜利的保证。我自认为不够聪明，不是做难题的料子，所以老老实实地按照老师的要求注重基础题，确保基础题不丢分，难题不放弃，能做几步就写几步，也得一点步骤分。高考最后的压轴难题实在太难，我尝试了好一阵子也只能写出几个步骤，不能完全解答出来。我想起了考前备考的策略，立马停止在此题上耗费时间，而是把空余的时间拿来检查前面的题目，把所有的题目都检查验算了一遍，相当于重新做了一遍。中午吃饭的时候，同学们在食堂交流答案，班上几位数学高手畅谈最后一题的解题思路和答案，他们谈笑风生我却默默无语。高考揭榜时，两位数学高手哑然，因为他们不是一般地考砸了，而是严重失准，有一位还因此付出了复读一年的代价。所以高三的孩子们做题时要讲策略，简单题得满分，难题得几分，加起来就是高分。千万不要好高骛远，为了追求难题而丢弃了唾手可得的基础题的分数，这可不是体育竞赛有难度系数加分的规矩。

最后，提高阅读。阅读助我突飞猛进。一直以来我的语文功底并不怎么好，一是阅读效果不好，二是写作没有突破。而高三的时候突飞猛进，高考118分，让我着实吃惊不小。其实这也不是偶然。高三时语文老师换成了仲国祥老师，他是四川大学新闻系毕业的，才华横溢，风度翩翩，上课有如神来之作，口吐莲花，妙语连珠，能顺利流畅地表达出我所不能言语的意味。彼时我才发现语文的魅力。仲老师很强调阅读，说语文考试阅读占半壁江山还不止，赢得了阅读就赢得了分数，因此让我们每天坚持阅读报纸30分钟，如《人民日报》《光明日报》《中国青年报》等。"亲其师，信其道。"我只管执行，不问西东。每天下午放学后，我都去学校报栏读报。开始之时觉得阅读速度不快，一篇小豆腐块两三百字的文章也要好几分钟才能读完，而且要回头重复看一次才能明白文章大意。那时感觉字是一个一个断开的、卡顿的，读起来一点也不连贯流畅，停留在认字的层面。随着时间的推移，很快的，一个星期之后，感觉完全不一样了。不仅速度很快，一篇文章很快读完，而且理解很快，文章一读完就知道作者观点和文章主旨。这个时候的阅读已经不是在认字的层面，而是沉淀在字里行间，读懂言外之意。对字、词、句的理解与判断能力也快速进步，对篇章结构的把握也一并提高。因此，阅读也间接地提高了我的写作能力，一举两得。但阅读的习惯不能停止，到了高考前都还要坚持读报。现在终于明白了仲老师为什么推荐我们读《人民日报》《光明日报》《中国青年报》等报纸。因为这些报纸上的文章，一是篇幅长短与考试阅读文章基本一致，二是语言功底一丝也不逊于语文教材文章，三是思想导向性超强，总之，适合提高语文综合能力。所以，尽量不要去读那些花边新闻、娱乐追星等之类的缺乏营养价值的文字。此外，还得感谢图书馆的阿姨，她真的很勤快，每天的旧报纸及时换下，新报纸准时跟上，我们每天获得的都是新的知识和营养。阅读这个成功的经验，我不仅分享给高三的孩子们，我教每一届高一、高二的学生时都会给他们讲，希望对他们有帮助。

1995年的夏天，我记忆中最美丽、最感动心怀的时刻到来了——我考上了西南大学！为之奋斗多年的梦想终于实现！圆了自己的梦，圆了父母的梦，圆了父老乡亲世世代代的梦。考上大学在我们那里都还是前所未有的事，更何况是教育部直属重点大学。人们奔走相告，好消息传遍了整个山村，天空中都弥漫着欢腾的气氛。村委会拿钱放电影、摆宴席，以示庆贺。我的故事被村民们津津乐道夸赞称奇，成了他们茶余饭后的谈资，成了年轻父母教育孩子的光辉典范，有时我还被请去"现身说法"，当面指导。能对孩子们的成长带来帮助，我当然乐在其中。

时过境迁，今非昔比，如今考大学远非20世纪七八十年代百里挑一、90年代十里挑一那样难如登天，但轻而易举、随随便便就能读到大学也是不可能的事，读上重点大学更是需要艰苦卓绝的付出。学子们，我知道你们面临着与我们当年不一样的迷茫与困惑、压力与挑战，但无论是怎样的状况，勇敢面对，且行且珍惜，走出属于自己的道路，圆满自己的梦想，拥抱灿烂的明天！加油吧，孩子们！

【读后感】

《历经奋斗终圆梦》读后感（一）

高二（14）班　钟鑫龙

"你的负担将变成礼物，你受的苦将照亮你的路。"读完《历经奋斗终圆梦》一文，我脑海中浮现了泰戈尔的这句名言，这也是我读完这篇文章后最大的感受。

文章的开头介绍了"我"生活的环境，一个落后、贫穷、偏僻，但景色优美的小山村。在这样相对封闭的环境下，这里的孩子们都十分淳朴，从"我"小时候的梦想就可以看出，就是希望放学后能和小伙伴们去野外玩耍。多么可爱又单纯的梦想！后来随着年龄的增长，"我"被家人送去学校。但可想而知，在这样的环境下，学习条件会多么差。没有操场，没有跑道，有的仅仅是一张简易的乒乓球桌，竟是用石板拼凑而成！一到下雨天走路都容易滑倒。夜晚学习时，不像现在，灯光明亮，教室宽广。几支蜡烛就能使年幼的"我"跟同学们一起秉烛夜读。反观现在的我们，应该庆幸我们有这么好的学习环境，我们应该努力学习，而不是虚度光阴。

升入初中的"我"经历了和亲人的分别，独自到远方求学。和当初我们升入高中一样，第一次离开父母身边，和从五湖四海来的"陌生人"生活在一起，自己照顾自己，那种孤独、念家的感受至今还深深地刻在脑海。外面的世界很精彩！在初中的生活，影响了"我"的一生，"我"开始有了梦想，就是读个重点高中，去外面更广阔的天地闯荡一番。

而"我"人生和思想的转折点在高一上半年，我的梦想更明确了——大学梦！最重要的是"我"的母亲，她无微不至的照顾让"我"在感到温暖的同时又想流泪，试问哪个人看到文章的这段时不感动？哪个人不觉得自己的母亲伟大？正是这样一位伟大、坚强和温柔慈爱的母亲，让"我"的梦想更加坚定，就是考上大学报答她！同时也为了自己，不愿一辈子像祖辈那样，世世代代生活在大山里。

随后的故事就如想象中的那样，"我"考上了大学，实现了自己的梦想。

全篇文章看完后，梦想贯穿全文。什么是梦想？梦想，是对未来的一种期望，指在现实想未来的事，可以达到但必须努力。无论哪个时代，青年的特点总是怀抱着各种理想和幻想。这并不是什么毛病，而是一种宝贵的品质，是每个人拥有的最伟大的财富。我们怀揣梦想的同时也要付诸行动，天上不可能掉馅饼，想要不劳而获是不可能实现梦想的。所以，为了自己美丽的梦想，我们必须把每一次的艰辛统统踩在脚下，把每一次的逆境当作向着目标攀登的阶梯。加油！我相信努力的我们终会成功，正如文章中写的那句"God help those who help themselves"。

农村的孩子应该感同身受，想要走出大山、实现梦想，读书是最轻松而且也是最快捷的办法。一篇《感谢贫穷》感动了多少人，贫穷并不是束缚我们的枷锁，它也会成为我们走向成功的动力。当然我们也要珍惜现在所拥有的生活，它是先辈打拼下来的，它来之不易。我们要继承先辈复兴中华的意志，努力学习，报效祖国。如今我们身处在世界百年未有之大变局中，为了尽早实现两个一百年奋斗目标，我们要为中华之崛起而读书，圆我们中华人民共有的中国梦，使国家富强繁荣！

《历经奋斗终圆梦》读后感（二）

高二（14）班　周静怡

读完了老师的这篇文章后，感觉很不一样。

因为老师看我们上课不认真时总是罚我们上台去唱歌，说唱歌这件事有什么难的；还叫我们朗读，说是自己以前学习俄语文章的时候就是大声读才学得好。每次听完老师的这番话，我们总是不以为然，觉得他是在胡说，但是没想到的是他以前还真因为唱歌拿过奖，也的确学习过俄语，这就很惊讶了！

老师的故事确实很吸引人。最让我感动的一点是老师那么多年都很努力地去学习，坚持了很久，不管再苦再累都不曾想过放弃，但是在最后考研失败被询问想不想重考时，老师考虑到自己的母亲还是放弃了，无怨无悔地出来工作。始终以家人为重，这是我认为非常重要的一个品质，值得学习。

我的大学

深圳市第三高级中学　袁仁霞

【作者简介】

袁仁霞，武汉大学硕士研究生，高中英语教师，专业功底扎实，教学方法多样，教学业绩显著。

我在小县城出生、成长，并幸运地考上高中。在教育资源匮乏且分配严重不均的20世纪90年代，能上高中就意味着你很幸运，当然也有自身的努力。不过我的努力始终没有换来理想的结果，只能去省属师范大学学习英语教育，梦想着毕业后能以家乡中学为起点踏上教书育人的征程。

我的大学坐落在成都市风景秀丽、环境优美的狮子山。诚然，这里也是一处治学的理想所在。带着些许兴奋、好奇，我的大学生活开始了。

由于我的专业是语言，于是，课堂内容就成了语法课、语音课、听力课、口语课等，枯燥而乏味。时间一长我不禁质疑：为什么大学学习俨然成了高中英语课的延续？渐渐地，心中的憧憬失去了它诱人的五颜六色，我开始彷徨不安，不知道这样的大学学习会给我带来什么。

2002年10月，一个偶然的机会使我认识了一位正在准备研究生考试的朋友。在他的鼓励下，我也下了决心：也去考研吧！

其实我对准备考研毫无头绪。不过早有耳闻，这不是一件容易的事。接下来就是确定报考学校和专业方向。感谢互联网的普及，让我多了一条有效的渠道去全面地了解相关信息。最终我选择了武汉大学，因为我也想去这座浪漫美丽、樱花飞舞的校园感受真正的大学生活。专业方向是翻译学。我想多数英语专业的学生都向往做一名翻译。翻译是多么潇洒、令人充满自信的工作啊！

下一步就是找齐所有备考参考书目。参考书不下二十本，并且其中一些是武汉大学英语系教师撰写的，是内部教材，必须去校内购买。于是我托朋友帮我买齐所有参考书。他甚至还替我买到了武汉大学历年英语专业考研真题，这对我的复习准备起到了至关重要的作用。当时是2003年暑假，朋友顶着炎炎烈日为我奔走，至今我仍然心怀感激之情。如果没有他的帮忙，我不可能在这条路上走得如此顺利。

拿到参考书和资料，接下来真正的考验开始了。没有老师的指导，没有过来人的提示，一切学习都靠自己。参考书中有五六本是英美文学简史，书中涉及年代、人名、文学作品名纷繁庞杂，混乱而拥挤地充斥着我的大脑。我只有无奈而又充满希望地坚持着，因为我相信，只要在坚持，就离成功越来越近。语言学也是要命的学科。甚至每个辅音、元音的发声方式、发声部位都要了熟于胸。结果吃饭时眼前浮现的全是辅音、元音字母，这倒是一份别致的下饭菜。虽然专业课还能勉强应付，但是第二外语日语就不是我能轻松驾驭的科目了，在这过程中参考书翻烂了好几本，我感觉自己已经是一台语言学习机器了，日复一日嗡嗡地高速运转着。忘记了周围，忘记了生活，直到有一天惊愕地发现自己的发梢赫然长出了一个个小分叉，疲惫无力地看着我。此刻我觉得自己真的很累，想休息一下了……

2003年9月开始，师范大学校内各式各样的补习班、冲刺班，为满足市场高需求而陆续开班了。我知道这是很值得一试的捷径。不过我想去的是武汉大学校内办的辅导班，这样比较有针对性。我身边很多同学也去了目标大学上辅导班。于是，我也拿着假条去了系主任办公室。系主任张先生很严肃、死板。听了我的来由，他质问道："你还想考武汉大学？为什么不考本校研究生？还有，为什么要考英语专业？学个什么教育学就可以了，不要去做没有把握的事！"然后拒绝给我签假条。当时我的心情难以形容。得不到支持就罢了，可我还被浇了一头冷水。难道真的是我不自量力吗？

2003年11月，天气初凉。此时各大招聘会却如火如荼地展开了。看着同学们都找到了理想的工作，我内心不禁犯起嘀咕："我这是在破釜沉舟，万一到头来没考上，还错过了找工作的最佳时机，那该怎么办？"为了不再受同学的影响，我决定搬出宿舍，在校外租房复习。与我同行的是一个胖胖的女孩，她的理想是踏进水木清华的校园。怀着相同的梦想，我俩住进了一间小阁楼。夜晚寒风呼呼时，我们就背靠背相互取暖，彼此鼓励着坚持下去。虽然如今我们天各一方，但是那段暖暖的回忆会一直留在心底，珍藏到永远。

我内心既盼望考试的到来，又不希望它来得太快。2004年1月考试还是固执地到来了。心情很紧张，一次考试竟然能决定我的命运。于是我踏进了考场，开始了我至今最辛苦也是最重要的一次考试。

考试结束后回到老家，彻底地放松了一个寒假，但不时想起考试结果，心中也会像飘过一团乌云，阴暗半天。

2004年2月底是查询成绩的日子。那时春天已经迫不及待地到来，迎春花、映山红陆续开放。虽然我不太喜欢校园，但春天的时候它还是很别致的，阳光也明媚起来。成绩查出来了，上了分数线，并且排名还比较靠前。我的心情可想而知，感谢自己的努力和坚持。

之后的日子相继收到复试通知书和入学通知书。每一份通知书都给我寄来沉甸甸的希望。2004年4月复试时，终于有了机会去武汉大学校园走了一圈。那时，校园正春意盎然，布谷鸟也欢快地歌唱着，古老的建筑似乎也恢复了生命，朝我微笑着，善意地欢迎着我。我的美好校园生活又一次在我面前展开……

这段经历在很多人眼里也许是不值一提的所谓成功，但在这个过程中我也磨炼了自己的意志，锻造了自己的韧性。无论如何，这是我人生中的宝贵经历。平凡的我只有拼搏才能走出自己的路。我们无论是走在平凡的路上，还是经历着风雪的洗礼，只要发现适合的时机，就应该纵身一搏，让生活升华，闯出自己的晴空，拼搏出属于自己的天下，奋斗出于自己的七彩人生。

【读后感】

《我的大学》读后感

高三（18）班　黄嘉欣

回首往昔行踪，幽思来日遭际，也许欢悦，也许惊怯。袁仁霞老师以己之思，为我们点燃希望的灯火，带给我们彼时此刻的彻悟，由是感激。

细细品读这篇文章，心有所感，把笔踌躇，常恨言语难尽人意。我这么说不是矫情之辞，而是透过文章，她展示给我们的是藏在灵魂深处难以磨灭的感受：比起以后发生的一切，不管是缤纷璀璨，还是屡遭疾风暴雨，只要抓住时机，放手拼搏，便可成就不悔的人生。

高三，说白了，就像一场博弈，不可太正经，不可太拘谨。弈棋之乐，重在过程、重在体验、重在参与。太注重输赢，将得失记挂于心，失去的恰恰是乐趣。但是，切不可因此而认为可以超然于物外，请铭记：我思故我在，有梦就有希望，物各有主，我主我心。

一帆风顺大学梦

深圳市第三高级中学　吴燕蕾

【作者简介】

吴燕蕾，北京大学硕士研究生，高中政治老师，乐于读书，善于思考，长于思辨，讲课深入浅出，逻辑严谨，条理清楚，深受学生喜爱。

距离研究生毕业开始工作已快三年了。现在回过头去想自己考大学的历程，觉得有些遥远。但是因为是当高中老师，观察学生和自己的不同，也还算有些思考。总在想，我的学生比我做学生的时候多了些什么，同时又少了些什么。

现在的高中学生给我和同事的感觉就是比我们以前复杂一些，生活丰富很多，生活中遇到的困惑也会多一些；自我认定更加明确，思维很活跃，批判性和认同性都比较高，但是缺少一种钻研的劲头，比较容易为自己找借口。这到底是为什么呢？我知道他们缺乏钻研的劲头，所以一直在想为什么他们会怕钻研。是因为压力没有我们以前大了，出路更多了，还是上大学的理想过于现实和算计了，以至于缺少追逐理想、实现梦想的信念。

我谈不上什么经验，也谈不上太多教训，就是把自己的经历作为一个普通的案例来展开，说一个真实的故事。能从中看到什么，全凭看的人愿意看到些什么，是和看的人所思所想相契合的。

在读书的过程中我对老师和父母的心情是比较矛盾的，但是总的来说是比较感激的。经常听妈妈说，我的名字笔画比较多，刚开始教我写自己的名字就费了好大的劲。教我写汉语拼音，我也总是写不好。她在琢磨我该怎么学会读书呢。上小学一年级的时候，我的家人对"三好学生""十佳学生"都没有什么概念，每次考完也就是去看看我的成绩，看看原因出在哪里。比较有意思的是主要检查我的智力有没有什么特别迟钝的地方。因为那个时候我语文很好，但数学考70多分。妈妈去找老师，看了我的应用题做的都对，错的都是计算题，那就归结为粗心，脑子没有什么问题。于是一直到六年级，考前对我说得最多的是细心啊，注意看清题目，不要漏做题目之类的话。还有印象比较深刻的是妈妈总觉得我第一次所能做到的就应该是我下次的目标，保持住就好，很少专门提前为我制定目标。平时就是经常让我在饭桌上讲当天老师提问我的情况，我回答了什么之类的。爸爸也经常会出些问题让我口头回答，激发我思考的兴趣。暑假的时候从来不送我去上数学、语文之类的辅导班，都送我去学弹琴、跳舞。虽然我不是优秀的，也没有培养出专长，但是我总是能拿到优秀学员的称号。可能是因为努力吧，而妈妈也不强求。就是这种不强求，恰恰培养了我对文学艺术的爱好，培养了我做事认真却并不很功利的特点，这个一直到现在都使我受益匪浅。真正的兴趣带来了真正的努力，从而在日后带来了真正的机会、成绩，积累了对自己的信心。我的小学最重要的经验就是注重努力，而不是结果。被嘉奖的是好的学习习惯，不是好的成绩。这说明父母培育的方向还算正确吧。还有一个就是经常获得亲友老师的夸奖，其实这个也很重要。希望被认同，并通过努力争取被认同，是一个人成长要经历的过程。过早地养成对什么都不在乎的态度，不利于日后教育一个少年成长。

接下来就是初中，学习的内容变得很不一样，数学变得很抽象，多了物理、化学和英语。学英语的过程是个比较惊险的跳跃。我比其他同学入门要晚，要困难得多。可能因为自己思考得太多，总会问为什么句子是这样写的。那个时候老师和同学碰巧都不知道怎么回答我这个问题，我琢磨不出来，就很害怕老师上课提问，害怕考英语。就这样努力辛苦地混着。后来我升入初二年级，没有办法就用笨办法，放弃问为什么，就直接有什么背什么。背了一个月后，好像有点儿开窍了。等到学定语从句和其他的复合从句的时候遇到了很大的困难，我就把所有报纸上混合的题目都拿来做，然后把做错的拿出来对比，再重新学固定的规则，然后再把几百道题目归类，寻找共同的规则和例外的表达，然后再背，再检验。这个大难题几乎被一劳永逸地解决了。现在想想，是不是所有的学习都需要一个由浅入深、自己动手归纳总结、反复思考检验、反复背诵、应用的辛苦阶段呢？慢慢地，自学能力和系统思考的能力就培养起来了。那个时候，很少请家教，没有这样的意识，学习就是自己努力的事情，请教老师、请教同学，就是这个过程，没有别人帮我们总结好知识。是不是学习条件不够好、不够齐全反而锻炼了我们那一代学生独立思考的能力呢？物理和化学我只能做到努力，但是基本没有兴趣。对于没有兴趣的知识我也延续小学养成的习惯，就是认真对待，也有惊无险地度过了。

高中依旧是在重点中学重点班级，但是我已经觉得理科不太适合我，我选择了文科。文科的学习因为和自己的思考方式比较能对上，所以学起来不觉得费力。政治、历史重要还是在理解记忆的基础上养成比较系统学习的习惯，有提纲挈领的意识，培养综合的思维习惯。当时主要的精力都花在了数学上。相比较而言，这不属于我的强项，但却是很重要的科目，所以尽管兴趣不大，我还是将绝大部分精力都投注在上面。我的体会是，除了一部分特别擅长数学的学生，其他学生首先要解决的是心理问题和对待数学的态度问题。不要因为最难的题目不会就认为自己学习数学很差。实际上高考只要求学生掌握绝大多数基本题和稍微综合一些的题目就行了，没必要觉得自己很差从而失去了努力的动力。我高考还是没有做好最后一道题目，但是其他的都对了，所以也接近140分了，并没有成为高考的败笔。

大学的课程没有中学那样密集，关键要靠自学。得益于中学培养的独立思考的习惯，还算顺利。拿奖学金，通过大学英语四级和六级考试，也很平淡地过来了。但是没有高中时代那么充实，觉得目标不明确。这也是我后来读研究生时着力思考解决的问题。到了读研究生的时候，我去听了很多其他专业的课。在没有功利的情况下，尽情享受听课、思考、讨论的乐趣，慢慢找到了什么能真正让自己感兴趣，也就知道了自己以后想做的工作大体上应具备的一些特点。这种寻找的结果，让我在找工作的时候比较安心。

基于以上对自己求学经历的描述，结合现在作为一名高中老师对学生的观察，我想扣住"我圆大学梦"这个话题，说说我觉得在我学习过程中对我驱动最强的一些因素。首先，父母对孩子的影响是很大的，不是付钱请家教这么简单的事情。要参与孩子学习的情境中，对他的学习困境和所得感兴趣，而不仅仅对分数感兴趣。要让孩子感觉到你重视他平时学习中的每一点努力和进步。其次，家长要做好和老师的沟通，请老师多提问孩子。我妈妈就是这样做的。因此我一直认为老师重视自己，自己也很努力。再次，现在的孩子太现实，总是把大学和今后的工作和工资联系在一起，那么那些对以后的出路没有后顾之忧的孩子基本就失去了努力的动力。给孩子现实社会之外的，却又在人生之中的一个动力，那就是理想。让他们懂得，为自己的梦想而努力，锤炼自己面对困难的勇气和担当，是一个人成长中应该为自己做的，要做一个为自己的理想和行为负责任的人。让孩子有为自己人生担当的意识。我记得自己埋怨学习枯燥的时候，爸爸总是很严肃地告诉我，学习是我自己的事情。这种态度慢慢让我形成一种推脱责任就会负疚的心理，即使上大学，没有父母在身边，也总有一双看不见的眼睛督促自己。当然有好处也有不好的地方，有时也会抑制自己努力的主动性。

参与孩子努力的过程，鼓励他为自己的人生负责，同时督促他独立思考、勤于向老师和同学学习，自己安排计划，寻找适合自己的学习方法。在我的成长过程中，这几种合力对我的影响是非常大的。直到现在，我父亲还经常要求我多读书，这样才能做好教书的工作。要努力，不强求结果。直到现在，这样的教育还是对我起到很正面的引导作用。我一直认为，没有笨的学生，只有没有被激发起学习兴趣从而不够努力的学生。所以，家长需要做的不是要求孩子达到自己的标准，而是引导他，共同去寻找能够激发他的动力。找到之后，就努力长期地陪伴孩子实现自己的梦想。到现在还记得妈妈当年在窗户口下等我考试结束，在老师那里拿了试卷让我回家重新做，请老师改，帮我背书，背到睡着了又醒过来这样的情景。我非常感激，觉得妈妈承担起了用心照顾子女的责任，那么自己也要对学习负起责任。

考上大学对人生很重要，但是仅仅是个开始。所有关乎幸福的主题都还没有真正展开，而利用十几年寒窗的求学经历，能积累的不仅仅是学习成绩这样一个阶段性的结果，更重要的是积累了很多幸福人生需要具备的品性，而这对于父母和子女是更加重要的。在圆大学梦的历程中寻求幸福人生的坐标，这个过程需要父母的付出和陪伴。请和孩子一起圆大学梦，圆人生的梦，一起努力陪伴，走在路上。

【读后感】

《一帆风顺大学梦》读后感（一）

高二（14）班　何丹娜

文章中，作者结合自己的求学经历，以平实而直白的叙述，从学生的角度出发，说明了好的学习习惯以及好的学习方法的重要性。

我想，养成好的学习习惯，找到适合自己的学习方法，一方面源于家庭，也就是父母的陪伴与教育；另一方面在于自己，自身的坚持和努力将帮助你成为更好的自己。

父母在我们的成长道路上会起到巨大的影响作用，他们不仅是我们品性的奠基人，更是我们成长的引领者。正如作者所说："家长需要做的不是要求孩子达到自己的标准，而是引导他，共同去寻找能够激发他的动力。"

自身的努力是实现自我发展的重要前提。在学习上，我们应该要更加注重努力的过程而不是结果，结果固然重要，但学习的过程却更有意义。同时，在学习上我们应该有所侧重，注重提高劣势学科，培养自身综合的思维习惯，明确自己的目标，为自己负责。一次深入的归纳学习或许要比做无数的题更有效。所有的学习都是一个由浅入深、循序渐进的过程，没有谁能一次性做到完美，所以我们能做的就是归纳知识要点，总结学习方法，反复思考问题，最后应用于实际。

只有经过日月积累，才能在最终走向成功。作者看似一帆风顺的求学生涯背后，同样存在着无数次的努力。

《一帆风顺大学梦》读后感（二）

高二（14）班　周晓利

　　本篇文章的作者通过描述自己小学注重努力、初中注重归纳总结、高中培养综合的思维习惯、大学靠自己的四个阶段，以及从学生、老师和父母的角度向读者们展示了她的大学梦及圆梦经历。

　　作为一名高二学生的我，仿佛在文章中看到了迷茫的自己。在高速发展的21世纪，外界对我们有着太多的诱惑力，以至于我们不能足够坚定脚下的步伐，缺少追逐理想、实现梦想的信念。作为一名高中老师，作者认为学习过程中驱动性最强的因素有两个：一是父母，二是理想。我认为理想是最重要的。我们目前的努力奋斗都是为了在未来的某一天成为最好的自己，我们要有勇气和担当做一个为自己的理想和行为负责的人，要以梦为马，不断促使自己前进，朝着自己的目标砥砺前行。

1994年，蹚过高三那条河

深圳市第三高级中学　周志锋

【作者简介】

周志锋，南昌大学硕士研究生，高中语文教师。对汉语言有较深的研究，写作功底深厚，在报纸和杂志发表多篇散文、小说等。

1994年，我17岁，还年轻得像棵青翠欲滴的小白菜。高三，一串串平淡而隽永的日子，在赣西小县一个叫小碧岭的山脊上度过。

那时信息还相对闭塞，一个农村的孩子，对于大学的认识不外乎两个途径：一是每年9月1日开学时，校门口金灿灿装帧的升学榜，那些遥远而动人的大学校名像明晃晃的阳光，几乎是不容分说地照亮每个学子心中的梦想小屋。二是学校行政楼前的橱窗里会展示那些考上"牛大"的学生照片，幸运的家伙们都无一例外地踌躇满志的样子，朝带着仰慕的眼神凝视他们的学弟妹们仪式性地微笑。然后我们会断断续续地在高三伊始的一些所谓"充气"会上，听到关于这些"牛人"的或真或粉饰的成长故事。大部分学生在那一刻都习惯低眉顺眼地聆听着，也驰骋一己之想象，在心里泛起丝丝浪花，恍惚觉得自己和理想的大学"是很近的那种远"了。

高三的大幕就此悄然开启。

因为家离县一中有十余里地，每天蒙蒙亮我就要起床。第一件事是先去附近的小河里挑水，把家中两个大水缸灌满。平日勤劳的母亲家事和农务一肩挑，这力所能及的小活是我必须的晨课。凑着渐见明朗的晨光，粗粗吃点母亲赶早备好的饭菜，收拾好昨晚零零落落的书本，一来二去，天也就豁亮了。同村的同学在屋外不远长一声短一声地招呼，我含含糊糊地应和，一手拽起我那还绣着五角星的黄色帆布书包，拔腿就窜。

这或许是一天中最美的韶光。绚烂的朝霞崭露在清澈的云间，空气里氤氲着花草的芳香，林间的鸟声关关嘤嘤，婉转可人。可惜我们从来没有时间慢慢欣赏，为了赶上7：40的早读时间，我们只有抄近选择九曲八弯的山路。先沿着一条叫"解放渠"的灌溉河，跋涉在还沾着露水的小草丛中，20多分钟后转入一条长约1.5公里的半是田埂半是山路的小径，然后我们还要溯山而上，穿过县郊的乱坟堆，进入一个叫作"周家塘"的小村庄，一路长驱，最后抵达学校后围墙中一个很不打眼的逼仄小门口，我们稍稍一侧身，就已经置身于校园鼎沸的人声中了。

那时候学校的宗旨就是"老师苦教，学生苦学"。一年到头也别指望有什么社团活动，顶多就是到附近的破电影院，放一些社会人等不看的如《烈火中永生》之类的大片给我们解解乏，不过上千学生列队走在大街上，前面还有交警开道，很拉风的感觉，所以倒也蛮让人向往的。

叶子黄了又青，燕子飞去又来，教室后面不知什么时候开始竖立起倒计时牌，年级长隔三岔五来班级打气，并且每每在集会上给考试优秀的学生发一个"讳莫如深"的红包（后来我知道是前5名依次10~50元不等）以示激励。班主任在窗外注视的时间越来越多，"××，出来一下"，那个倒霉的家伙就只好慢腾腾地挪到办公室去接受谈话的洗礼了。一遍遍的单调无趣的铃声，一位位苦口婆心的老师，一份份试卷堆里低头抬头，一道道题目蚕噬鲸吞，我们集体在路上！

历史老师告诉我们，通往大学殿堂的秘匙只有一把，那就是吃苦。他还说了一句类似后来新东方的励志名言："当你摇摇欲坠的时候，要相信别人已经轰然倒下了。"他这么比方：假如试卷上出现一个唐朝的皇宫图，你应该立马能辨别出哪里是"卫生间"哪里是"柴火间"，知识点才当得起"滚瓜烂熟"四字，这个过程没有任何捷径可走，你就得平心静气地"茅草烧光，石头过火"。

二模前一天，我还在家里紧赶着"双抢"。"双抢"时间之长、劳动强度之大，几乎是那个年代每个农村孩子的梦魇。我的分工是踩滚筒，这个活就是把割好的稻秆放到飞速运转的滚轮上，双手用力把住，轮番几次地碾，才可把稻谷尽数脱落。这个过程中，单脚要用力地把踏板压下去，要不滚轮就会哼哼唧唧地停下来。稻谷堆在身后不远，脚不能停，得仄着半个身子，伸长了麻秆样的手去取稻捆。烈日当头，热浪翻腾，汗水泥水混在身上，禾屑草灰漫天飞扬。为了转移注意力，我有时候就一边回忆历史课本上的章节内容，一边机械地手脚并用，往往一天下来，也能把一册300来页的中国近代史背个差不离了。

高三晚上都上课，有时候要延续到10点。这个时间是不敢抄山路回家的，从县城往村子的路上，10点过后热闹非凡。丁零零的一溜自行车，走路的也是人手一个电筒。语声四起，欢声一路，迷离的星空掩映着一张张青春的脸庞。路边的乡人有时会善意地打开屋檐下的灯，灯光把黑暗劈开，让夜行的孩子们备感温暖。

高三后期，时间"嗖嗖"地疾走，学校开始要求我们临时性地在校住宿。特别怀念晚自习后的教室，熄灯铃响过，全校齐刷刷地陷入一片黑暗。只见高三的教室先是一束红焰燃起，然后这里一片，那里一片，很快就变成了烛光的海洋。一支蜡烛一般能用一个小时，为了节约，同学们往往团团而坐，这样前后一米见方的范围就可以共享烛光。跳动的火焰衬着稚气的专注、深邃的向往，教室里只有窸窸窣窣翻书的声音。大家都在暗暗坚持，比赛每天谁用功的时间多一些。倦了的时候，就在教室的栏杆外站一站。回头看室内，烛光摇曳，朦胧而迷离，仿佛看到一个个年轻的梦想在生长，而书籍和烛光就是托举这些孩子的翅膀。

后来，我上大学、读研，遇到的老师林林总总，但还是觉得高中的老师更可爱、更可亲、更温暖。我的班主任兼语文老师上课生动活泼，常常逗得我们忍俊不禁，自己却仰首看向天花板的某处，神色不惊，这个功夫是很令我们敬仰的。政治老师可能是半路出家，经常会出些"A错了，B不对，C不能选，所以答案是D"的笑料，但是他的亲和赢得了不俗的人气。数学老师嗜酒，经常喝得面如桃花闯进教室为我们义务答疑，可往往是撑着讲台，道一句他的江氏名言"酒醉英雄，饭胀脓包"，然后就轰然倒下，早有准备的同学们一拥而上，抬手抬脚地把他送回宿舍。

历史老师是个慈祥的老爷子，讲题是"一山放出一山拦"，层层叠叠，如数家珍。还有唯一的女老师，教英语，冷艳型，她的必杀技是"粉笔镖"，准头极好，说时迟那时快，指哪打哪，让我们又爱又怕。就是这些老师，始终在不远处向我们伸出亲切的手，陪护我们的青春，把一群懵懂的少年，引向遥远的未来。

如果说高三有遗憾，我后悔年轻的时候不能看得太远、太深。就像今天的孩子，即使高考的硬仗已经迫在眉睫，而且面对父母的期待和自己十多年的付出，也避无可避，但也有人始终还在首鼠两端地思虑着所谓高考的意义、人生的价值等形而上学的东西，忽而强打精神，忽而一溃千里。我也有过这样的误区：读高三的时候，我是一个文学发烧友，会在半夜里爬起来写诗，和同学办文学社，还每天为县广播站写稿（诗歌1元，散文2～3元不等），而且隔三岔五地向报纸杂志投稿，偶尔录用一篇就沾沾自喜。现在回过头看看："疯了，真是疯了。"最终的恶果是不仅仅使自己没有能进入一个心仪的大学，从而使自己后来走了N年的弯路努力去弥补这个缺陷。更重要的是，高三的心事浮泛，每逢大事无静气，习惯左右逡巡，拿不起也放不下，诸如此类直接影响了我的个性养成，进而也就注定了人生跌跌撞撞，江湖浮沉，桃李春风间只剩十年淋漓的夜雨。

我常常想，假如高三可以重来，我要摒弃所有的乖戾、迷茫去为青春打拼。不要在路上流连，不要关心春暖花开，不会再恋栈床笫辗转，不会在课堂上心通万里，不要让父母看到成绩后黯然神伤，不会再欺人更兼自欺地把小说藏在课本的下面，不会再对老师的谆谆教诲听之藐藐，不会无谓地随波漂荡，却发现已然是河的中央，无法回头，大浪淘沥……我会像非洲大草原上的雄狮，迎着浅浅的晨曦一跃而起。

高三于人的意义更多的是，在这个青春的转捩点，我们第一次独力面对"独木桥"上的汹涌人群，虽千万万人也往，第一次真正为自己的梦想拼图，第一次认真地相信远方不远。我们学会了对自己负责，我们懂得了静水流深的真义，我们啜饮欢笑和泪水，在海水和火焰中淬炼和涅槃，我们居一室怀远方，我们低低地垂在尘埃里，只为那三天盛大的出场。

今夕彼夕，2010届的同学们正走在所有的老师都曾走过的大路上。疲惫和迷茫织成千千心结，层层茧中的困惑欲说还休。风在身边呼啸，却不知道往哪个方向吹，但还是请相信：一切都会过去，而那些苦难会开出华丽的花儿，变成来日甘美的回味。你在你的航程上，你还在我们的视线里，就以此作结吧，祝福大家！

【读后感】

《1994年，蹚过高三那条河》读后感

高三（12）班　黄嘉莹

　　读完这么多篇文章后，我感触甚多。12年甚至13年、14年了，风吹雨打，寒暑交错，我们一如既往地到学校去读书，坚持了这么多年，努力奋斗了这么多年，到底是为了什么呢？还不是为了那一纸之书——文凭！还不是为了能考上一个好大学！现在离高考还剩下6个多月了，难道我们要就此放弃吗？如果要放弃，又何苦要白白浪费这12年的青春呢？德国布希莱特说过这样一句话："当你能飞的时候不要放弃飞，当你能梦的时候不要放弃梦，不要为已消尽之年华叹息，必须正视匆匆溜走的时光。"

　　我们正当青春年华，正是我们奋力一搏的时候，即使你以前成绩再怎么不好，但从现在开始，从此刻开始努力还为时不晚！其实成功不过是在紧要关头多了一份坚持，失败则是在紧要关头少了一份坚持而已。我相信每个人心中都有一个梦，而世界上最快乐的事，莫过于为理想而奋斗。为了你心中那份执着，努力吧！

远去的岁月

——回忆我的大学时代

深圳市第三高级中学　惠天印

【作者简介】

惠天印，中学语文高级教师，来深圳后做过八年年级主任，带过六届高三毕业班，在高考教学与管理中取得了突出成就，曾被评为深圳市优秀教师、深圳市教育系统优秀共产党员、2008—2009学年广东省南粤优秀教师。

1979年，我以294分的高考成绩考上陕西师范大学中文系。按当时省上划定的本科线，算高出了19分。不好意思，我的语文只考了57分（当时每科满分都是100分），没及格。我本来想学历史，而历史成绩也有87分，也不知什么缘故，竟然被中文系录取了。在当时的情况下，一个地道的农民子弟，能跳出"龙"（农）门，荣幸地考上令我的许多同学都十分羡慕的本科大学，那已经是谢天谢地了。怀揣着盖着红彤彤印章的录取通知书和家中仅能提供给我的90元钱，风尘仆仆，我来到省城西安上大学。

那是一个多雨的秋季，也是一个令人兴奋的季节。中文系79级有三个班，我在二班。这是一个多么融洽和睦的班集体啊！我们班的同学来自我们国家西北五省，绝大多数是如我一样的农民子弟，据此我们把陕西师范大学叫作"农民运动讲习所"。记得刚入校的第一天晚上，我们同宿舍的七位同学，海阔天空地聊了大半夜，而"主聊"就是那个来自省城西安、长我两岁又下过乡的回民同学马跃民。他思维活跃，极为健谈（后来证明也懒得出奇，床上的被子是从来不叠的），而且待人诚实随和，又能唱会跳，我们实在佩服他。有一次，我们趁他上厕所的机会，恶作剧地把几片猪肉放在了马跃民的碗里，一向嘻嘻哈哈的马跃民立时拉下了脸，吓得我们谁也没敢吭声，我们知道触犯了他的民族禁忌，这回可真惹这位老兄生气了。这样的事以后也就没敢再做了。

那时节，改革开放刚刚开始，学生普遍比较贫穷，但社会思潮单一，学生们的思想也很单纯，大家都非常珍惜这来之不易的求学机会，所以各大学的学习气氛非常浓郁，我们班也不例外。由于我的语文底子比较薄，我就倍加珍惜这难得的学习机会。思想单纯，目标远大，加上那难得的学习氛围和条件，我在我们班第一学年古汉语结业考试中竟然考了满分（平行者还有两位），为此我曾经很是骄傲了一阵子。但英语我学得就没有那么轻松。大学前我们连26个英文字母都没有接触过，一下子怎么能适应大运动量、快节奏的学习呢！记得每当上英语课，就是我特别发怵的时候，而那个刘娟老师就偏偏爱让我读课文、回答问题，害得我常常心慌意乱，在同学面前出丑现眼，为此我当时对她还心存芥蒂。今天想来真是幼稚！

"大学者，大学问家主持之学也。"一位学者如是说。我的大学时代，有几位老师真是让我佩服得五体投地，我至今难以忘怀他们。一位是教我们古汉语的辛介夫老先生。先生高个头，大方脸，剑眉足有一寸长。记得第一节课上，他就神奇地一口叫出了我们班选修他的课的几位同学的名字：小邓乘马向西行（洪晓、邓荣华、程阿艳、马延锋、向炬光、惠天印、池万兴，"惠"在陕西一带方言姓氏读"西"音），真是令人佩服之至！他的《说文解字》课，发幽探微，见解精深，足见一代大师之风采。高元白先生和北大的王力先生是好朋友，学问高深，鹤发童颜，上课时用颤巍巍的声音说道："我一生有两个爱好，一个是语言学，另一个是跳舞。"后来证实，先生的舞确实跳得不错。先生当时是全国语言学会理事，陕西省语言学会会长。一次省语言学会在陕西师范大学开年会，先生特别准许我们这些弟子参加会议，每人一份大会材料，坐在后排听报告。我们得意之极，自我感觉我们也是当代著名语言学家了。

有一位老师我不得不说起，他就是教我们写作的周长风老师。周老师于北京师范大学"工农兵学员"毕业，被分配到陕西勉县教中学，后来被调来师大任教，他的课功力甚勤，但由于老师气质太柔弱，加上声音太女性化，同学们往往课后调笑他。只记得他在讲到写作不要啰唆时说道："写作不要像公鸡打架、泼妇骂街那样，不加修饰。"我们听了就笑。周老师的家庭生活很不幸，刚结婚不久就离了婚。后来就被调到《中学语文教学参考》编辑部去了。1995年秋，我参加陕西省中语会年会，不想他作为组织者与会，我们师生见面，感到格外亲切。我斗胆问起他的家庭生活，周老师告诉我，自从离婚后他一直独身，我听后心里沉沉的。近多年，人事沧桑，我远游南国，和周老师断了来往，也不知他现在生活得怎么样了。

陕西师范大学的学术讲座是出了名的，在那座圣洁的知识殿堂里，我有幸聆听过许多学界名人的学术报告，至今想来感到特别幸福。文学批评家蔡仪、美学家朱光潜、古典文学家程千帆、鲁迅的儿子周海婴，以及杜鹏程、陈忠实、路遥、贾平凹等名家学者都给我们作过报告。每当有名人学术报告，事先大红布告就贴出来了。去教室的路上，身背着号称"万有书库"大书包的学子们就像过节一样兴奋不已地谈论着。

学校的生活是有趣而充实的，但我依然贫困，也没有今天幸运的学子们那样思想解放，生活自由。周末我就到西安南院门有名的古旧书店去，那里有我十分钟爱的古典文献典籍，我可以徜徉其中三个小时不感到疲倦；就近的西安碑林，那厚重的一通通碑石，和那碑石上俊秀飘逸的前人遗迹实在让我流连忘返。

陕西师范大学的伙食办得出奇的好，有几次西北地区高校伙食管理工作现场会就在那里召开。这可乐坏了我们这些肚子缺油水的学子们，凭借着每月19.5元的生活费，每天中午可以吃一个3毛钱一份的"莲菜过油肉"。胖胖的文艺理论老师畅广元说道："你们真幸福，你们天天在过年！"

四年的大学生活在我的视觉中远去了。后来我常常想一个问题，那就是：什么是大学？或者说，大学的实质是什么？哦，我终于明白了，所谓大学对于我来说，就是跳出"龙"（农）门，学习知识，外加一份"莲菜过油肉"。

【读后感】

《远去的岁月——回忆我的大学时代》读后感

高三（14）班　黄婷婷

　　也许你会认为读大学并不是唯一的出路，我们并不用像作者那样，读大学是别无选择的"跳'龙'（农）门"，外加一份"莲菜过油肉"。因此，有些同学并不以为然，但你听过人生的形状是纺纱状的吗？我们正处在的人生阶段是纺纱状的增大阶段，我们是否应该积极主动地强化这最大值，使以后的人生变得圆满、变得多彩呢？即使我们到最后没有考上理想的大学，但在这个过程中我们应该有一种态度去使我们的能力发挥到最大值，尽自己最大的努力奋发图强，永不言败。

　　朋友，青春是一阵子的。无论如何，我们也应该在人生的增值阶段努力一番！

圆我大学梦

深圳市第三高级中学 唐 华

【作者简介】

唐华，武汉大学数学与统计学院硕士研究生，高中数学教师。专业功底扎实，教学技能灵活多样，工作严谨认真，教学效果优秀，深受学生喜爱。

我是20世纪80年代初的一代，1997年读的高一。那时，虽然改革开放的春风早已吹遍神州大地、经济腾飞的中华巨轮已扬帆起航，但我们的家庭并没有收到立竿见影的效果，感受到经济巨变带来的好处。家境并不富裕，甚至可以说还有点贫穷，所以在初三毕业的时候是选择读高中还是选择读中专，我们全家郑重其事地开了家庭会议。德高望重的舅舅作为特邀嘉宾也参加了。他的想法是让我读中专，早点出来工作，挣点钱，减轻家里的负担。我的妈妈是一个民主的女性，从不强求我去做什么事情，但在这一次关系到我一生的大事上，她还是想听听大家的意见以及我的看法。除了妈妈和二哥不作声之外，其他人都支持舅舅的观点。从小就有主见的我见这架势吓得马上哭了，自己的力量薄弱，不能说服他们，感觉要放弃我的大学梦了。妈妈见我哭了，知道我是想考大学，不想读中专，立马说："让华华读高中，再苦再累我也把她培养成大学生。"那时候我就从心里发誓一定要考上大学，将来好好地报答我的妈妈，因为有她的支持，我才能继续我的大学梦。

回想起来，那真是一番特殊的经历。不是说能不能考得上大学，而是你连这个想法根本都不敢有。现在的学生，无须经历这些痛苦的思想折磨，社会、家庭和学校早就为他们准备好了一切。真羡慕他们！

高中生活当然是很辛苦的，可年少的我们哪知苦滋味。每天早上五点半就要起床做晨操，然后早读四十分钟，每个人都声嘶力竭，教室里说话根本听不见，这样一直到七点。七点到八点吃早餐、打扫卫生。我们的校园都不需要清洁工的，全是我们自己搞定，划分责任区，分配到人。我常常在琢磨，现在的学生在学校什么都不用做，这究竟是好是坏？上午四节课，下午两节课，再加两节习题课，晚自习两节课，九点半下晚自习，每个星期上六天半的课，只休息半天。高一高二两年都要学九门功课，高三才文理分科。时间既紧张又漫长，压力大，竞争激烈，习题常常很难，而做不好或做不完就常常受批评。虽然同学们都有苦闷、忧郁和彷徨的时候，但过了一阵子大家又嘻嘻哈哈、打打闹闹的了，把一切的烦恼和忧虑都抛到九霄云外去，从来没有感觉到苦，好像高中本来是这样的，一切都很自然。

高中读书我有自己的一套学习方法。我始终认为学习需要讲究效率，充分利用每一分钟。比方说课堂上，我不是一味地只听课，而是选择性地听课，自己会的地方我会盲听，自己在那做相关习题；不会的地方我会仔细听，而且还能在头脑里冒出很多为什么来；老师给的练习题我会强行要求自己做快、做好。所以每节课下来感觉时间过得很快，自己过得很忙碌。如果碰到自己犯困的时候我会大胆地偷偷打瞌睡五分钟，然后就可以精神极佳地继续听课。文科的课上我是享受式地听课，一边听一边写练习册，因为练习册每天都要检查，而完成文科的练习册无非就是抄书，所以课堂上抄就可以节省很多时间去做理科的练习题。学英语必须记忆单词，那时候还自己发明了一种记忆单词的工具，这种工具可以随身携带，操作起来很方便，可以看着中文想英文，也可以看着英文想中文，无论是吃饭的时候还是散步的时候，或者是上洗手间的时候，都可以拿出来用，做到随时随地记忆单词。

高中三年留给自己印象最深刻的当然是高三了，至今我都还记得高三备考的点点滴滴。

以下几点记忆犹新：

（1）每天都加精神动力。和自己的好朋友晚餐后谈谈对大学的憧憬，然后互相鼓气，互相加油，使自己获得动力投入第二天的学习；睡觉前想想自己的父母，想想他们为我们的付出，而我们报答的最好方式就是考上一个好大学。

（2）每天都跑步或者散步。晚餐后是精神最放松的时候，约上几个好朋友，边聊天边锻炼身体，说说今天的学习效果，诉说烦恼，同时让身体得到放松，效果还是很不错的。

（3）每天的晚自习都对自己这一天的学习进行总结和评价。学习需要反思，只有在反思中才能取得更大的进步。不断调节自己的学习方法，提高学习效率。

（4）每天要把高考要考的每个科目进行题型训练，并且把做错的题记在错题本上，把经典题记在经典题本上。

（5）如果疲倦了，不想学了，就不要勉强自己。可以适当地在课堂上打个盹，课后去参加自己喜欢的体育活动，或者洗洗衣服，或者去校外买点生活用品，分散自己的注意力，等精神可以集中的时候再回到教室继续学习。

（6）不要抱怨，不要气馁。要知道自己正在干什么，要知道自己所做的这一切是为了什么。对自己目前所受的苦要欣然接受，因为这是通往自己大学梦的路上必然要受的苦。俗话说得好："吃得苦中苦，方为人上人。"为了梦想再苦都值得。

我的高三是苦并快乐着的。学习上是苦的，但生活上是甜的。同学们互相鼓励，互相帮助，一起去实现梦想，所以并不孤单。

我知道很多人老去想结果。结果并不重要，重要的是过程。经历高考的人不管是考上了还是没考上，都是成功的。因为这样的过程、这样的经历、这样的感受，是那些没有经历过高三的人远远无法感知与体悟的，在这个过程中你能力的提高和个人的成长，其意义远远大于你收获的单纯的结果。有人可能没法理解这句话，过程中你收获的是能力，有了这个能力你想要什么样的结果都是可以的。而不好的结果只是暂时的。

所以正在备考的高三学子们，你们应该先把高考的结果抛到一边去，现在要做的就是抓住每一天，充实有效地过完每一天。不管结果如何都不重要，因为高考只是我们人生的第一个十字路口，我们的一生将要经历无数的十字路口，我们会有很多的选择。只有充实过完每一天，才能让自己回忆往事时不因自己的昏昏碌碌而后悔。

【读后感】

吃得苦中苦方为人上人

——《圆我大学梦》读后感

高二（7）班 李可

今天读完唐华老师的《圆我大学梦》后感受颇深，受益匪浅。文中提到了许多值得我们去学习的学习方法，还有许多值得我们学习的精神。

如今我们读高中在经济方面早已没有什么压力，不同于唐华老师那个年代，即使成绩再好为了家庭生计还是要在中专与高中之间作出选择，更别提考大学，连这个想法根本都不敢有……这大概也是那个年代许多人的一个遗憾吧！

在这篇文章里，我感受到了老师的高度自律，看似很自由的生活其实都源于老师的高度自律。真正的自由不是随心所欲，而是自我主宰，是将束缚转变为自由，自律即是自由。

读完这篇文章后我有以下几点感受：

（1）不要主动放弃机会，不要主动放弃控制自己、约束自己的想法，不要抱怨，不要气馁，要知道自己在干什么，要知道自己所做的一切是为了什么。

（2）学习需要反思，你对现状满意的时候，有没有想过你能做得更好，不要安于现状，要给自己制定长远的目标，安于现状是没有办法进步的。

（3）学习需要讲究效率，讲究学习方法，充分利用每一分钟。学习是要下苦功夫的，不是努力两三天就能看到结果的，每一个人成绩的提高，都源自他长期以来的坚持和积累。

（4）每天都给自己增加精神动力，但不要沉溺于一时的成就感，要想办法取得长远的进步，要一步步爬向更高的山峰。

　　优秀的人优秀，自律的人自律，不是因为他们每天少睡多少觉，每天花多少时间学习，而是因为他们能坚持，做事认真，有自己的学习方法，并且能够很好地提高自己的效率，也不仅仅是牺牲一切娱乐活动，而是尽可能把握住自己的生活，控制住自己的欲望。如同唐华老师一样每天都跑步或散步，约上几个好朋友，边聊天边锻炼身体，说说今天的学习效果，互相交流一下学习方法，诉说烦恼。在学习时认真学习，在休息时好好休息。

　　在这个浮躁的时代，能完完全全静下心来学习的人真的很少，大部分人都沉溺于自认为的自律与努力里了。不要陷入睡眠时长带来的自我感动里面，不要把目光缩小在你所在的学校、所在的班级，要明白人外有人天外有天，要知道所谓自律只是途径、只是方法，约束自己提高效率，认真做事，才能实现你的目标，要把目光放长远，把自己从自我感动里剥离出来，把自己成长和前进过程中遇到的和感受到的每一次痛苦和困境都当作自己日后的勋章。

　　梦是把热血和汗与泪熬成汤，浇灌在干涸的贫瘠的现实上。很多人老去想结果，结果并不重要，重要的是过程。即使没有考上，也是成功的，欣然接受现在所遇到的所有困境。俗话说："吃得苦中苦方为人上人。"为了梦想再苦再累都值得，我们需要找到正确的，适合自己的学习方法去学习，悬崖勒马，现在刹车还不晚。

梦想可圆，未来可期

深圳市龙岗区外国语学校英语教师　江松航

【作者简介】

江松航，毕业于四川外国语大学英语专业，现任深圳市龙岗区外国语学校英语教师，龙岗区优秀班主任。多次荣获深圳市小学英语资源包比赛一等奖、深圳市课本剧剧本及录像一等奖等。

岁月荏苒，暮去朝来，从未想过竟然有这样难能可贵的机会来回顾自己的前半生。

一、儿时游戏，梦想成真

1982年我出生在重庆的一个小县城，当时的一年级要求年满7岁才能上学，于是，家境贫寒也罢，天资聪颖也罢，只读了一年幼儿园的我，在父母到处托关系下，在隔壁县城的一所小学里成了年纪最小的一年级学生。第一次期末考试那天是一个大雪纷飞的日子，妈妈翻山越岭来接我回家。在考数学时，由于我心里一直想着妈妈，一不留神就在试卷上写下了"1+1=妈妈"这样的"豪言壮语"。自此，便成了日后的"笑资"。

在隔壁县城读完一年级后，我转学到了家附近的学校。虽然我家在农村，但我和其他的女孩子不一样，我不喜欢玩泥巴、爬树、抓小鸡，也不喜欢干农活。那个时候，我最喜欢的游戏就是叫来周围比我小的孩子，我做老师，他们做学生。那个时候，我竟然就懂得了"分层教育"——对比我小1岁的妹妹安排这个任务，对比我小2岁的弟弟安排另外的任务。每天放学回家做完作业，我都会和同村的小孩子进行一次这样的"教学"游戏。虽然有时候个别"学生"会和我这个"小老师"斗斗嘴，最后闹得不欢而散，但多数时候我们还是配合默契的。这个教书游戏陪伴着我成长，在我乐此不疲的同时，也让小伙伴们记忆深刻。没想到童年的游戏在长大后成为现实，我真的成为一名光荣的人民教师，现在想想之所以会选择教师这个职业，估计就是从这个爱好开始萌芽的。

二、职业影响，铭记一生

平静的小学生涯之后，我转去了隔壁县城的一个重点初中，开始了我的住校生涯。在那里我遇到了影响我一生的英语启蒙老师Miss Zhang，也是她影响了我大学专业的选择。

她，短发圆脸，五官小巧精致，活脱脱的美少女，一点都不像已经工作多年、资历丰富的老师！她瞪圆眼的时候又时常含着几分严厉，扫视着教室里的一切。标准的发音，温柔的态度，每天不重样的漂亮裙子，让班里的无数女生为之向往。就这样，我爱上了学英语。

想学英语容易，可是要学好它，却并不简单。学语言首先要求发音标准，而当时的我，还缺着门牙，读到个别字母尤其是F的时候就会漏风。但是我的发音仍然是全班最标准的。Miss Zhang每节课都会叫我示范朗读，每当同学们投来羡慕的目光时，我心里那得意劲儿别提了。后来，Miss Zhang对我的要求越来越高，不仅要示范朗读，还要快速背诵，更要能实际运用。为了能够在课堂表现优异，我私底下花了很多时间去预习、听读和练习。时间不会欺骗你，你把它花在了哪里，收获自然就在哪里。就在这样的不断打磨中，我的英语越学越好，在班级乃至年级都名列前茅。虽然英语学得很好，但我却忽略了其他学科。原本以为跨进这所重点初中就可以如愿地跨进重点高中的我，由于中考成绩不佳，只能打道回府，要知道，如果能进入那所重点高中就等于跨进了大学门槛的一半，可惜我与它失之交臂。

三、挥手昨天，重启征程

挥手昨天，就当作是一次勇敢的告别；挥手失败，就当作是一次坚毅的表现。倔强的我，不得不接受命运的安排——再次回到我出生的那个小镇继续上高中，因为当时中专已经不分配工作，上高中是唯一的出路。

于是学校、住所、菜市场，三点一线的高中走读生涯开始了。很快，高一结束就要分科了，为了躲避文史科目背诵的折磨，即使在数理化成绩并不突出的情况下，我还是选择了理科，就这样得过且过地混过了高二。到了高三，一次物理考试后，看着那鲜红的不及格的两位数，我的心仿佛被电流击中，再看着物理老师那慈祥的脸庞、语重心长的讲解，我觉得我再也不能浑浑噩噩地过日子了。从此，我踏上了艰苦的学习之路。在管理好自己生活的同时，我抓住一切可以利用的时间来学习。从我的住所走到学校有三十分钟的路程，每次穿过那条车水马龙的街道时，我都会掏出mp3，戴上耳机，听英语，练口语。中午的时候去菜市场买做好的烤鸭或者烤鸡，微波炉热一热，吃完就开始看书。晚上在家，做饭、洗碗，收拾妥当马上开始看书，常常看到深夜。紧张的高中生活，总得需要放松的时候，所以每次课间我都会逼着自己看看窗外，放松那根紧绷的弦。不知何时开始，每次我往教室门外望去的时候都会看到一个高高瘦瘦的男孩。更奇怪的是无论我的座位如何变化，每次看到的都是他。这无数次的巧合让我的心不由得泛起了涟漪，终于我鼓起了勇气，主动去认识了他。就这样，我多了一个一起奋斗的"战友"。

美好的时光总是那么短暂，一次意外打破了所有计划。那是一节体育课，老师提前准备好了实心铅球。同学们陆陆续续到齐了，他蹲下去系鞋带，这时不知谁拿起了铅球试投……后果不用设想了，颅内出血。不过，人生虽有很多突然，但也有很多幸运，好在他的大脑没有太大损伤，恢复得也不错。但是那关键的几个月，我就这样在担心和彷徨中过去了。高考的成绩可想而知。虽然我还是考上了一个教育学院，但当时的我根本无心做老师，我想如果能成为一名医生该多好。所以我放弃了那次大学的机会，决定和他一起复读。

复读的压力不言而喻，在权衡了"一年的痛苦"与"一辈子的后悔"以后，我决定独自一人奋斗，毕竟家里同辈人中就剩下我还有读大学的希望了。我告诉自己，既然躲不掉这个担在身上的重任，何不微笑着大步走出去，给自己看，给别人看，我要为自己的人生奋斗，不是为别人而活。

重拾荒废的学业，谈何容易。五六门课程，厚厚的十几本书，每一页、每一个字都要仔细研读。我除了上课认真听讲学习之外，课后的练习全靠自己一本一本地啃。有几门课我不发愁，如英语、语文、写作等，自己看看书、背背单词，每次模拟考都能考出理想的成绩。但有些课程就不行了，如数学、物理、化学，书里尽是些生疏的概念、公式、方程式，我常常看得头晕目眩。我一遍又一遍地读着，常常看得脑子发胀；做笔记写得手和胳膊又麻又疼，右手握不住笔了，只好用左手写，左手不行，再换回右手。就这样，我咬牙一再坚持，经过一年的努力，终于换来了一纸大学通知书，选择的专业当然是我最爱的英语。

四、废寝忘食，夜以继日

黑色的七月已离我远去，带着一丝梦想，我来到了四川外国语大学。漫步在校园，感受着幽静与书香，当夜幕降临、华灯初上之际，一间间自修室里闪亮着梦想的光辉。兴趣不愧是最好的老师，我开始参加各种演讲比赛，并多次获奖；积极投身于学生会工作，组织了很多大型活动；热爱社会实践，与各种企业合作。为了弥补自己曾经逝去的青春，为了能够在毕业后自由地选择职业，废寝忘食、夜以继日地学习成了我的常态。回想起那段岁月，我不禁感慨，无时无刻不在看书、背单词、做习题的这种学习劲头竟然不比高考时弱，自修室里最好的位置每天都是我第一个到达。学习语言的班级都是小班制，班里大概只有20个人，同时和我一起准备升本科的只有寥寥几人，中途还有几个人退出了，只有我和另外一个同学坚持到了最后，取得了最后的胜利。事实证明，成功来自勤奋，来自你的不懈拼搏与努力。

五、不远千里，歪打正着

怀揣着对南方大都市的梦想，我于2006年3月到了深圳，曾经让我引以为豪的英语专业，在这里竟然找不到太多合适的工作。梦想就这样被现实浇灭透彻。好在后来得到一位朋友相助，手把手地教我外贸知识，我排除万难，努力钻研，终于在一个月后签约了一家外贸公司，卖IC芯片。由于是外贸公司，不用早九晚五，上午

11点才上班，晚上12点下班。到了公司处理好每天的邮件，发布好产品，和客户电话沟通好后，就基本处于闲暇状态。每当晚上七八点穿梭于华强北街道，吃完晚饭还可以去逛逛商场的时候，我仿佛觉得自己找到了最适合的工作。看着我悠闲的工作状态，家人的担心还是来了，他们一是觉得公司靠不住，二是担心我荒废了英语，劝我去学校试试当老师。熬不过家人的坚持，我选择了辞职。

教师，这个刚毕业时被我排在迫不得已的最后位置，现在却让我甘之如饴。现在很多人对老师了解太少，误解太多。大多数人以前羡慕老师，因为"当老师真好，一天就上几节课，周末双休，还有寒暑假……"现在依旧羡慕老师，因为"在家录几节网课视频，催一下作业，也没干其他事，就可以照拿工资……"无论身处怎样的环境，在外行人看来，教师就是一个清闲的职业，尤其是如今的"网课时代"。我自小做了那么多回老师，我自认为不过就是对孩子们说一堆英语，教一教、读一读罢了，没想到第一关就把我难住了。非师范专业的人想做老师的第一关就是必须考取教师资格证，当年我的户口还在重庆，我回去了两次才考取成功。拿到教师资格证后，我不禁对这个行业刮目相看，因为那并不是你所想象的轻轻松松。

真正的考验终于还是来了，我进入了一所公办小学，担任二年级的英语教师及班主任。对于零起点、零基础、零经验的我来说，一切都是从零开始。原本以为轻轻松松、随便说说就能过去的短短40分钟，却被众多的教育理念、教法、学法、环节、设计等专业知识填满了。仅一个星期，我的嗓子就哑得说不出话来，我咬着牙想着：原来教书这么难，等这个学期结束后我就放弃吧，太难了。尝到了轻视教育的后果，我不得不马上转变策略——跟着一个50多岁快退休的老教师学习。每节课都去先听她如何上课，小到讲解发音，大到肢体语言，每节课都去听课、学习，如此反复，照葫芦画瓢；下课后还不时找她交流，探讨教学中的问题。教育教学的大门逐渐向我敞开，我不停地去图书馆借书研究先进教学理念，看网课、做笔记、写反思，慢慢地，我从科组听课老师的脸上看到了笑容，从他们的评课中感受到了自己的进步，我谦虚、好学的态度让他们心生欣慰，我也佩服自己强大的学习能力。一个学期下来我不但没有辞职，反而越干越有劲，而且一干就已经十几年。

六、寄语

苏格拉底曾说过："做人要知足，做事要知不足，做学问要不知足。"无论你处于哪一个阶段，它都只是一个新的起点，保持空杯心态，会让你受益终身。

在中国，人生的转折点也许就是高考。所以，同学们，拼尽全力吧，努力去赢得更好的结果，努力追求达到更高的层次。虽然追求梦想的过程中难免会有失败，但那只是代表暂时的低谷，只要你不放弃，梦想山巅皆可攀！失中有得，得中有失，是为人生常态。

请相信——失败的同时就是成功的开始！

请深信——一扇门关闭时，另一扇门正打开！

请坚信——明天的你必将会超过今天的你！

请笃信——梦想可圆，未来可期！

【读后感】

读《梦想可圆，未来可期》有感

高二（6）班　曾　嘉

看完这篇文章不禁感慨，学习能力贯穿了江老师的人生。不管是年幼入学、高考冲刺，还是签约公司、入职教师，所有的经历都伴随着"学习"这个词，她从未停止过学习。

说起学习能力可能有人嗤之以鼻，的确，我们现在身处学校，不管是老师还是同学都处于学习状态，学习的优势不太突出，但是，一旦脱离学校，进入社会，学习能使你阔步前行。试想，同样的一件新事物，处于学习状态的人能更快接受并迅速熟悉，做事效率一旦提升，离自己心中的成功无疑又进一步。

漫漫人生路，处处荆棘驻。

人生这条路我们不得不走，即使遍体鳞伤也必须坚定前行，没有人能永远一帆风顺。我们在荆棘丛生下匍匐前行，拨开荆棘得以窥见前方光明。成功的果实在等待撷取，请坚定而执着地前行吧！

我的高三，没有传奇，也没有逆袭

深圳市第三高级中学　闵云泽

【作者简介】

闵云泽，高中化学老师，年级主任，深圳市高考先进个人；

教学和德育管理均有一定的创新和突破。

人真奇怪，想记住的努力记住，可以记住；不愿记住的，不想记住，却也很难遗忘。

接到写稿邀约，那逝去已久的两年重新展现在面前，好像有的点滴从未走远。

一、目标引领，一辈子有方向

教训之谈：目标一定要有，不一定真能实现，若实现了，那是再好不过；目标有时候不一定是用来实现的，它可以是不懈努力的理由和方向。

作为学生，分数是必争的。以分数值作为目标是一种很重要的方式，不跟他人比，就跟分数较劲儿。

应届的时候，怎么讲也在全县排到300名。高二时与高三的一位学长聊起分数，当时认为考个600分应该是手到擒来。你看我跟大家算算哈，语文、数学、英语各110分，不高嘛，这就330分了，物理130分（那时"3+2"，理科物理、化学、文科政史，每科总分都是150分），化学130，这不就差10分了，数学120搞定，轻松。到了高三才发现520分可以上重点了，而在我们学校能上这个分的不到百人，全县也就400人的样子。我们还是高考改革的小白鼠（历史的发展告诉我们：不仅我们是，后来很多届学弟学妹都是，以后的学生也同样会是），我们这届改原来的"3+2"为"3+文或理小综合"，我选理科，小综合包括物理、化学、生物三科，各科分数分别为物理120分，化学108分，生物72分。我的能力是物理80分勉强，化学偶上100分，生物基本没学（另有隐情，不便透露），小综合也就是将将就就200分。原来说数学可以120分的我，发现数学其实是我最大的痛，基本100分。最有自信的是语文和英语。一开始基本保证能这样，还能排在重点一列中，随着时间推移，分数略有下滑，名次也有一些下落。没人跟我讲目标，没人开大会分析成绩，也没有单独谈话，只有跟学习不错的同学一起会说成绩（有志同道合的朋友是件不错的事情）、谈理想，然而没有具体的学校，也没有具体的专业，更没有像现在这样想要什么资料可以上网查，那个时候什么都没有。学校也没有任何系统分析，更没有可执行的策略可言。

一直到高考，感觉没有主动出击的机会。最后我本科都没上，说起来都是很不可思议的事。前两年，同学聚会聊起当年的成绩，说我是很有把握上重点的……而一脸无奈的我，只能跟着傻笑。

过了几年后才发现，主动是多么重要的一种状态啊。

心态要主动——没有学不来的知识、没有搞不定的题目，就是要有一种居高临下、"一览众题小"的姿态。而我之所以学不来、搞不定，是因为逻辑还没通、条件被隐藏等。只要主动探寻内在逻辑，主动发现必要条件，就一定会有质的提升。

积累过程要主动——积累的是陈述性的知识，有利于发展程序性思维，也就是逻辑思维能力。所谓基础要牢，那就是表象和情境积累要多。

漏斗式学习逐级筛查，以便记忆；利用小卡片整理，随时随身携带，随地可学。

上述这些方式用上的话，可能我又是另一个我，不一样的烟火。只是这都是到了大学之后才发现的，自己还是能吃一堑长一智的。

高考之后，从县城回家，经过两个小时车程加一个小时走路，回到家里天已经黑了，我直接就倒在床上睡觉了。睡没睡着不知道，父母叫过两次吃饭，我都没有理他们，估计他们能猜到是考试没考好，也都不说考试的事了。反正是到了第三天早上我才起床，然后闷声做着家务和农活。

感觉那个暑假特别长，待家里做着各种农活：薅秧苗、收玉米、收水稻……村里有人从集市上带话回来说有我通知书，我没有去拿。

后来决定去复读。鼓起勇气跟父母讲，我妈说读书没用，读几年高中，你们初中同学出去打工的都挣大几千给家里了。我跟我爸说按我的分数，学校不收学费。我爸没说什么，给了1200块钱，说这个做生活费，让我自己去城里。到了学校把钱全作为学费给交了，然后又给家里打电话说生活费没有了。学校还因为我分数不高，连复读班都不给进，把我安排在应届班跟读。一向开朗的我基本不说话了，大多时候出入都一个人，只是跟同桌走得近一点。开始的时候跟新班里的同学住在宿舍里，但根本适应不了，我还是很在意自己的"身份"的，我就搬出来租房子住了。我当时就想，我这样浪费家里的钱，一定要考出个名堂来，于是基本不跟其他人主动接触，还在日记里记录了一下："这里仅是一个跳板，我不应该在这里留下太多记忆，除了学习……"然后是每天两点一线。

租房之处确实清静，旁边住的都是高三学生，回到住处，把门一关，半夜里出来上厕所还能看到其他门缝里的灯光。

我把北京科技大学的大门画在纸上，贴在书桌旁的墙壁上，北京科技大学就是我当时的目标了。之所以选择北京科技大学是因为应届时最要好的同学刘超考去了北京航空航天大学，我考不上他那里，问过他周围有哪些学校，然后对着头一年的招生指南和专业目录做了对比，确定了自己感兴趣而且可能上得去的学校。这就是传说中的"因为一个人恋上一座城"的感觉吧。但我并没有把这件事情告诉刘超。那个寒假，上大学的同学都回来了，我们一起吃饭、聊天，然后刘超去我租房那里住。他看到我画的北科大校门，我才跟他简单地说了一下我问过他周围有哪些学校啊，轻描淡写，却意味深长，没有更多的话，彼此却在心里更深处了。朋友就是这样，你非常乐意地做着很多关于他（她）的事情，即便他（她）根本不知道。

我敢保证我当时真的很努力，而且成绩还真的不错。我们的模拟考试前100名是要去逸夫楼阅览室考试的。我走在从五（4）楼的教室去逸夫楼阅览室的路上时信心满满。

临近高考要填志愿（那时候是考前填志愿）、估分数，我估计我能上，我把近十次模拟考试成绩平均了一下，英语不算听力都有118.5分，这让我很有底气，大胆填了北京科技大学、北京交通大学，貌似还有哈尔滨理工（现在忘记为啥选这个了）。没人指导，也不懂得去问，这些学校在那个时候是没有梯度可言的。

高考再次跟我开了个玩笑，英语听说只有70多分，然后我就没有去老师那里看分数了，跟同学打听说总分超过本科线40分，没上重点。我上不了北京科技大学，也上不了那几所填的学校，知道志愿表上填了调剂作为保障的，只是有点埋怨上天不公。

后来，我被调剂到了内江师范学院，当时很失意，导致在大一上学期时没有跟原来的同学联系过，包括刘超。后来寒假回家时，爸爸说刘超还有几个同学说联系不上我，写信写到家里来了，瞬间觉得自己的封闭是多么对不起关心自己的人。

在大学碰到了非常好的班主任老师，给了我很好的指导。自己即便没上更好的大学也从没有放弃努力。大一下学期，我去过四川大学、重庆大学、西南大学，看到同龄人的生活很多都乱成一团麻，发现一流的大学竟然也有不上进的学生，他们高考目标的实现成了他们停下来的理由，而我要做三流学校的优秀学生，努力学习一定不会太差。这些年过去了，事实证明，努力的心态和学习的状态也是一种目标。

二、收获友谊，一辈子的兄弟

上面已经说到过关于我和刘超的一些事情，关系之所以好，是有原因的。应届高三时，妈妈生病比较严重，爸爸经常带着妈妈四处求医，家庭支出的压力极大，在父亲的精心安排下我们还有书可读是一件多么不容易的事。我自认为还算比较懂事的，即便到了临近高考的五一假期，我回到家里，爸爸又带着妈妈出去了，我却自己一个人牵着牛、扛着犁去犁田、插秧。正干得起劲，姑姑家的电话（当时村里唯一的电话）响了，说是找我的。我满身泥浆地去接电话，电话那头是刘超的声音，说："放三天假，今天都五号了，你是不读了吗？"我笑着说："我在犁田，把秧栽完就回来了。"

我不是不读书了，只是在家里就把家里的事情先做好了。

没有多少人真正会关注到你没有来，座位上空了两天，当然会有老师、同学问起，但只有刘超传达到了。

我回学校了，之后与刘超基本形影不离。

之后他上了北京航空航天大学，我想上北京科技大学但没去成。后来他留北京工作了，我也想过去北京，但却一路来了南方。

这么多年过去了，话说得不多，心的距离还是很近的。这些年有一首叫《南山南》的歌，听着、哼着总会让我想起远在北京的朋友，没有歌里那么悲凉，却也万般的眷念。

三、锻炼意志，一辈子会受益

复读那年，搬到校外居住之后，最难受的是周末，即便那时周末只有周六下午，也希望那个时间赶紧掠过。

大约是十月中旬的一个周末，正好一个月考考完，大家都安排好各种活动轻松一下。我只想一个人待着，回到宿舍又坐立不安，于是就想找一个基本没有人或没有认识的人的地方去走走，刚一出去没多久，就下起了小雨。于是想赶快找个能躲雨的地方，走着走着，竟觉得这样身边只有雨滴的沙沙声，整个世界又是另一种静谧。

我就这样，一直走着，后来觉得以后的这个时间都可以用一种方式来过，于是就想着用跑步来消磨时间。既有规划又非常随意地决定绕着正在修筑的环城路跑一圈。之所以有规划是因为来县城几年了都不清楚城有多大、边界在哪里，环城路正在修筑，这是一个正好丈量城区的界线；随意是因为不知道环城路修到哪里了，根据时间或天气需要想回就折返吧。雨越下越大，没有想停的意思，我认为是上天在对我进行考验，我要将自己做下的这个决定执行到底。于是就在雨中狂奔，或慢走，或停下喘着粗气……回到住处已是暮色降临。取了衣服去澡堂，开着水，然后瘫躺在地上，任热水打着赤条条的身体。回头想想在最陡峭的那段路上碰到一位年近古稀的老者拖着板车，我丝毫没有思考直接顶在板车后面费力地推着，老者转过头看了一下，像是更加卖力地拉着，我们彼此都不想让对方多使力，这种感觉很好。上了陡坡，我就快步跑走了，不知道老者有没有说话或者想对我说话。

接下来的一个星期里，全身都是酸痛的，尤其是下楼梯的时候，感觉自己随时都会摔倒。但一想到自己居然可以跑20多公里，还能在途中帮到需要帮助的人，很有坚持下去的意义，于是接下来的每个周六都坚持下来了。之后的跑步中有几次也碰到了那位老者，他也有问我是谁，我只说我是学生。

走过人生很多路后你会发现：每一次战胜自己的决定和行动，都将在你的心里埋下种子。在未来需要的时候自然就能生根发芽。

十几年后，我独自一人从成都骑行到拉萨，全程21天，2166公里，别无他事，每天睁眼就只有蹬车。人在这种看似机械的重复中反思日常会有更高的高度。经历这种坚持本身意义非凡。骑行川藏的决定和坚持的行为应该就是那时每周六的环城跑埋下的种子在成长。

人生有很多时间可以消磨，但最后都输给了有价值的回忆。我们要不断地创造这些有价值的东西，到了有时间的时候才可以用来回忆。

我的高三，没有传奇，也没有逆袭，但依然有终身受益和回忆的东西。

【读后感】

《我的高三，没有传奇，也没有逆袭》读后感

高二（7）班　李懿珊

细品文章，作者的往事经历无疑给了我许多启发。

论良师，作者的大学教师虽然一笔带过，却给他留下了不可磨灭的深刻印象。若不是良师的指导，他或许现在还沉浸在自卑与失意中。良师如同一路向北的星星，指引着学生走向成功。

论益友，"刘超"是个很值得深交的好朋友。他的善良、真诚在作者复读时给予了他希望，同时，这位好友也是他的目标，给作者带来了很好的榜样。

再论自我，我看到的作者是一个外表坚强内心却极为柔弱的人，他的自尊、骄傲在复读期间仍然屹立不倒。他的高考往事虽然不像很多励志故事那样最后成功逆袭，但是那种拼搏不断、勇往直前的精神却值得他留念、回忆一辈子。

这是一个真实而普通的故事，只剩下最后一年可以努力，我想我不能留下遗憾。

第三篇　大学教师篇

曾经别无选择的奋斗

华南理工大学博士、教授　张仕海

【作者简介】

张仕海，本科毕业于西南大学，研究生毕业于中山大学，汉语言文学专业，喜欢读书，喜欢观察与思考，长于写作。

我不是一个爱回忆往事的人，因为总认为那是老年人的事儿；我也不是一个爱总结经验的人，毕竟自己至今仍人生平平，无甚成绩；我更不是一个好为人师之人，因为我一直相信要真正理解这个世界只有靠自己用心去感受、去体验。然而，转瞬，生命的年轮已经滚过三十多圈，静心之时、思索之余还是会想起当年求学的苦读日子和艰辛的考研生活。这不是为了展现自己的苦乐，也不是为了教育读者，更不是借此倚老卖老，而只是想说明：那时的我们曾经别无选择，考上大学似乎是唯一的出路；当你摆脱了困境，有了好的条件时仍要谨记"奋斗"二字。

"农村"，一个充满复杂情感的词儿

如果你问我："到底是出生在农村好还是出生在城市好？"我真的不知道该如何回答你。或许你会说农村太贫穷、落后、封建、闭塞，或许你又会说农村恬静、朴素、优美、自然。农村的孩子有时很羡慕城里的高楼、漂亮服饰和多样的玩具甚至一块面包，而城里的孩子有时又是多么向往田间的青蛙、蝴蝶和鸟儿。

我出生于湖北江汉平原上的一个鱼米之乡，虽然可谓水土富饶，但是毕竟是农村，农民因农产品价钱低廉仍然十分贫苦。到处都是农田，到处都是河流，一年四季十分分明，春夏秋冬也各有忙的活儿。春天，冰雪融化，大地散发出生命复苏的气息，农民就要开始翻田、播种了；夏天，万物生长，农民要忙着给稻苗施肥、喷农药、除草、灌溉等；秋天，是农民抓紧收割的季节，打谷子、卖粮食；冬天，储存口粮，选备来年的种子，还要耕种小麦、油菜等耐寒作物。全年的劳动生产和生活多是围绕农作物进行的，总共要种三季稻谷，有早稻、中稻和晚稻，以及小麦、油菜等冬季作物。可以说，农活很多、很重，平时难得有空闲之时。记得自己在还很小的时候就要帮父母下田干活，如插秧、割谷、放牛、独自在家做饭等，特别是在每年六、七月，那两个月是最忙的时节，既要赶着收获早稻又要急着播种晚稻，有时早上四点起床，晚上八点回来，中午也要在大太阳下忙活。最让人难受的是这样忙活一年也积攒不了几个钱。回想那段日子，心中印记最深的就是一个"苦"字。不过也正是那样的苦累生活才激起我奋斗的志向。爸妈也督促我要努力学习。通过读书、读大学来改变今后的命运，摆脱农门，成了我不得不实现的追求。

当然，农村的生活并非只有苦，其实还有很多的乐趣，那是城里孩子无法体会到的。小时候，村子里的人都住在一起，居住形式是一排排的平房，平房之间相隔几米，各排之间也可以相互看见，大约1公里，农田就散布在屋前屋后。因为这样，同一个村里的人几乎都相互认识，孩子们也常常在一起玩儿。他们总会三五成群，如钓鱼、捉青蛙、抓麻雀、游泳，或者捉迷藏、跳绳、弹珠子、玩老鹰抓小鸡的游戏等。伙伴们关系亲密，感情朴实，即使有一时的矛盾争吵，也会很快又和好如初。对比现在城市里人与人之间关系的疏远、陌生、冷漠，以及商品房相邻住户的老死不相往来，可以说农村是一个充满温情和快乐的地方。

如今，我终于在繁华的城市立足了，早已远离了昔日的农村和农村生活，甚至偶尔回去还顿感不适应，可是仍然认为自己是个农民子弟。或许我的孩子对农村不会有什么直接的感受，但是我仍然会教导他不要忘自己的祖辈曾是社会底层的农民，仍然要教导他懂得珍惜今日丰裕的物质生活和懂得不懈追求自己的美好理想。

十多年寒窗，只为那一张大学录取通知书吗？

时间回到二十多年前，那时我还在读初中。之前，小学是在离自己家不及五百米的地方读的，很近，几乎没有感受到学习的压力。印象中，有的只是与同村小伙伴们四处游玩和帮家人干点农活，我们穷并快乐着，也许根本不知道什么叫作穷，什么叫作富。上了初中，学校在镇上，离家有十多里，骑自行车要半个小时。打这时起，自己似乎才感觉到读书的重要性和必须通过它方可跳跃农门，于是便开始发奋学习。

在初二时，我就开始住校了。周日下午回学校，周一到周四晚都有晚自习，都得住在学校宿舍，只有到了周五下午放学以后才能回家。平时，在学校里，学习很紧张，吃住条件也很艰苦，如早上常常就是馒头和稀饭，中午食堂的菜也没什么油水。还记得为了省钱我常常就着咸蚕豆下饭，一包仅两毛钱。到了周末，可以回家打打牙祭，自然是相当高兴的。虽然会有一些作业，也要在家帮忙干一些活儿。到了初三，学校分快慢班。现在想来，我对此是持反对意见的，因为这样，学校和老师常常会忽视后进生的发展，以至放弃，这是严重违背科学教育理念的，是基础教育中的急功近利和应试教育的极端表现。我在快班，而且成绩总在前十，深得班主任和科任老师的器重，还担任学习委员、副班长等职务。这时学习压力更大，我总是不甘落后，想排在前列。就在一切都很顺利的时候，我却患上了沙眼，不得不去治疗，耽搁了一些学习时间，结果中考不太理想，没有进入县城最好的高中。

每一次的升学带给我的都是外面更宽广的世界，让我感觉到自己的渺小和家境的贫寒，从而强化内心的奋斗感。高中，我是在地级市城市度过的，那算是我眼中的大城市，是除了首都、省会之外的最繁华的城市，是高楼林立、人山人海、商品满目、车水马龙之地。我就读的学校在教学、管理方面都是很严格的，学风也还不错，在那里待了一段时间，我便适应了，也很满意。

对于高中，我的印象是最深刻的，毕竟那是我人生中最重要也最美好的一段时光。现在自己的独立意识和能力都增强了很多，对学习的认识也更深刻了，对自己今后的追求也开始清晰起来。我时常提醒自己，不能懈怠，要努力摆脱农门，到城市里从事比较体面和有丰厚收入的工作。而要实现这个愿望只有靠考上大学，所以考上名牌大学成了我高中最执着、最重要的追求。要知道，20世纪90年代前期的大学入学率，特别是文科是非常低的，但是我还是硬着头皮去冲这个独木桥，因为我别无选择。不像如今大学扩招已经持续多年，升学率已经今非昔比了，今年本科率居然高达62%。也不像如今农村的年轻人，出路不止求学一条，他们可以外出打工、学习一技之长从事技工活动，或者趁着当前农业政策利好而在农村干一番事业等。曾经的心酸、苦累，我一直将之埋在内心深处，更多的是倾诉在日记本上，记得报到那天，父亲背着重重的被子和大米送我进城，然后离开时那渐行渐远、稍显佝偻的单薄背影；记得那拥挤不堪的学生宿舍床上居然有老鼠从我身上爬过的一幕；记得高考模拟考试失利后躲在被窝里的无声哭泣；记得每年家人辛苦劳作一年的收获也仅交得起学费；记得冬天洗冷水澡时发出的尖叫声；记得学校食堂的饭菜差得无法满足正长身体的我们的基本需求；记得懵懂的我当时根本不会奢谈青涩的爱情；记得收到大学录取通知书时我正在田野里放牛……

　　铁杵只有长磨才会成针，粗铁只有百炼才会成钢，人只有付出功夫才会有收获，这是颠扑不破的道理。为了那张红色的大学录取通知书，我苦读奋斗了十几年，得来真是不易。它，使我足足高兴了一个暑假。它，似乎成了改变我命运的一道符。要知道农村的孩子得到这样一张"纸"，其背后要付出多少的艰辛啊！目前，虽然考上大学不再是难事，可是农村的孩子又面临着另外的难题，就是高昂的学费和毕业后的求职难。万事都有利弊。当我在感叹当年的艰难时，不得不承认我的幸运——那时的社会真的当我们是天之骄子。还有，即使考取大学，也只是人生路上的一个转折点和前进点，后面同样还有很长的路要走：学到真知识、真本领。

　　顺境，我们是不是更需要动力？当你把一只青蛙放在冷水里，然后慢慢加热，直至沸腾，它是无法逃脱死亡的命运的；而当你把一只青蛙陡然放进沸腾的水里，它便会一跃而逃出。当你把一群沙丁鱼放在一起时，过不了多久会死去很多；而当你把一只鲢鱼放进一群沙丁鱼里时，沙丁鱼的存活率会更高。这是为什么呢？因为"生于忧患，死于安乐"。动物如此，人亦如此。在比较安逸、轻松的顺境里，人们往往不知进取，从而逐渐消亡，而在比较艰苦、困难的逆境里，人们便会奋力追求，从而获得成绩。我们常常看到逆境里的人成了伟人，顺境的人却一无所成，这是不是应该引起我们特别是大城市孩子的深刻反思？其实，不论是顺境还是逆境，聪明、理智的人都应该懂得追寻的意义。

大学毕业后，我找到了一份不错的教书工作。在那间学校，我有点知足，工作的干劲不算大，遇到了教学中的管理难题，自己不太注意竭力想法去解决，结果学生有些散漫，从而使工作成绩难以显见，自己在领导心目中的印象也大打折扣。当然，问题也不是全在我自己身上，但是我若能主动出击，摆脱松懈，相信结果会好些。可见，顺境里的知足和安逸往往带来停滞不前甚至退步。后来，当我真正遭遇困境时，我陡然发奋起来，努力考研再考博，这又让自己在人生的道路上了一个台阶。可以说，困境会激起一个人去改变，而顺境则让一个人失去动力。如今的孩子，特别是城里的孩子，他们大都是独生子女、掌上明珠、家中的"小皇帝""小公主"，物质生活十分丰足，不愁吃穿、不愁玩乐，这些都远远胜于当年的我们。可是正是父母的娇生惯养、环境的优越致使孩子们不太懂得珍惜、奋斗和感恩。从报纸上、电视里，还有生活中，我常看到很多这样的现象。这到底是要怪父母还是要怪孩子自己呢？还是要怪当今的社会、教育环境呢？我认为三者都有责任。不过从根本上说，应该从家庭去改变。

我们不能要求现在的孩子能像我们当年那样辛劳，毕竟时代不同了。如今，我们已经进入了信息社会，经济、文化、教育、科技都日益全球化、多元化，孩子们所处的环境比我们那时也复杂得多，他们所受的影响也来自多方面，他们对人生目标和价值的追求也不像我们那样单一。但是培养他们的奋斗、珍惜和感恩的心却仍然是必需的。

当一个孩子只知道向父母索取，还认为父母供养他们理所当然的时候；当一个孩子只知道自己的享乐，还想通过非正当的方式去获得的时候；当一个孩子只知道埋怨他人或社会，不懂得为他人、社会出一份力的时候，我们认为教育出来的这个孩子是失败的。就是要让孩子认识到当前的美好生活是来之不易的，不要浪费时光和钱财；就是要让孩子懂得独立靠自己撑起一片事业，当然也可以适当利用父母或朋友的社会关系，力争做一个有成绩的人；就是要让孩子随时怀揣感激父母、他人以及社会的心，乐善好施，特别是在自己功成名就之时要多行公益之事。这里，奋斗是根本，只有懂得奋斗的真谛的人才能懂得珍惜和感恩。

《易经》中记载："天行健，君子当自强不息。"是的，如果你想在短暂的一生中做出一定成绩的话，那就要时刻提醒自己不要懈怠，不论是深陷泥潭之时，还是一帆风顺之时，抑或是春风得意之时都应该尽早确立自己的追求目标并坚持奋斗。或许你现在还小，还不太知晓人生奋斗的道理，难以意识到人生航船的明确目标，但是请你别忘记多根据自己的兴趣来做选择，记得多向你的父母和老师问询，记得多看看历史上伟人的传记，从中获得些许的指引。网络游戏有利有弊，且弊大于利，请别沉溺，做一个有追求和有意志力的人，你就不会迷失方向。

倘若父母的奋斗为你打下了很好的基础，请你千万别躺在上面休息，珍惜现在的所有，然后感谢他们的奠基，再迈开你的步子前进；倘若父母没有为你们创造良好的条件，那也不要悲伤和自卑，就勇敢、自信地循着你确定的目标奋斗吧，原始森林的探险充满着风险，但也会有更多的发现，走出一条不同于父母的路也是生命的足迹。

【读后感】

《曾经别无选择的奋斗》读后感

高三（14）班　袁于婷

"十多年寒窗，只为了那一张大学录取通知书吗？"作者的疑问抑或是反问，引发了我的共鸣，越临近高三，越临近高考，我对那张似乎能说明一切的通知书的欲望就越发强烈，小时候的大学梦也越来越清晰。其实我相信，身边的大多数同学也有相同的感受，既然选择了普高，就一定会有大学梦！

有人问我高三如果没有精神寄托怎么办？我说那何不将自己的精神寄托在梦想上，寄托在你理想的大学的录取通知书上呢？那种实现梦想的冲劲会让你有排除万难的勇气和决心。

"当你只有一个目标时，整个世界都会为你让路！"加油吧，为了那张大学录取通知书而奋斗着的同学们！

找寻个性化的学习激情与方法

南京信息工程大学博士、教授　曾维和

【作者简介】

　　曾维和，南京信息工程大学公共管理学院副院长，MPA教育中心常务副主任，南京大学政治学和中国社会科学院社会学双博士后，江苏省高校"青蓝工程"中青年学术带头人培养对象。

大学，对于一个20世纪90年代求学于湘西农村的少年来说，确属一个充满憧憬和颇具挑战的梦想。当时全国虽招收十六万名大学生，但指标分配到中国偏远的市县却成了稀缺资源，每年度考上本科的毕业生，总是要隆重地宴请师长与亲友，以昭示自己来之不易的成功与辛劳。我清晰地记得当时二十多人共居的集体宿舍墙壁上刻着一行醒目的文字："不达本科誓不罢休！"没有人去考究这是哪个学长或学姐留下的豪言，但这行文字时刻提醒着大家高考竞争的残酷，也时刻激励着大家为之动容与动心。渐渐地，我的大学梦就多了一份抗争命运、豪赌青春的激情。

　　正是这种抗争命运与追求梦想的激情，使我考上了湖南师范大学，心循着千年学府"惟楚有才，于斯为盛"的千古绝唱，情许给爱晚亭的片片枫叶红！从此，就烙下了深深的师范情结，中山大学硕士毕业后，我又辗转到了华中师范大学攻读博士学位。置身于"忠诚博雅、朴实刚毅"的桂子山，继续寻梦于学术这条心神苦旅，我总是想起高考前的那份日落不罢的激情：晚上十一点教室停电后，继续点上蜡烛做着那些永远也做不完的复习参考题，总是在班主任的多次催促下返回拥挤与浓味并重的宿舍，不敢言疲劳，只想早些入睡；第二天在室友们沉睡时冲进雾气弥漫的拂晓，第一个读响那些密密麻麻的英语单词……如今，在繁重科研任务下的闲暇时刻，时常回忆起久违的大学梦，于是再次许下如下自勉之语："学术因严谨而厚实，因积淀而深刻。它拒绝囫囵吞枣、一知半解，排斥良莠不齐、博而不专。走上学术这条心神苦旅，或许可以保持些许矜持，敝珍顽劣个性，忙里偷闲，自乐自娱，苦中寻欢，自放自纵，但决不能循浮躁致肤浅，逐功利博虚名！十年磨一剑是时间与毅力的累积，不是信誓与诺言编制的豪语……横贯东西，穿越古今——矜持也罢，梦想也好，反正我选定你了：狂轰烂砸、死缠乱打、身载风霜、心守清贫、千锤百炼、痛饮艰辛……决不言悔！"

如果说上述个性化激情是一个"野蛮体魄"、适应学习压力的过程，那么与之相联系的个性化方法则是一个"友善用脑"、发挥内在禀赋的过程。从这个意义上来看，"学习方法群体化"对于智力开发与张扬个性可能是一个十足的伪命题，它不符合个性发展的一般规律，尤其压抑了个体潜能的最大化开发。现实中的偏科现象可能是与生俱来的学科敏感性和科学创造力的萌芽，而"学习方法群体化"只会把这种敏感性和创造力扼杀在摇篮里。高中三年，我对数学和语文情有独钟，把数学的逻辑推理有效地运用在语文的阅读训练中，同时把语文行文要求运用到数学的试题解答中，逐渐形成了一种饶有兴趣地持续找寻曲径通幽之境的备考能力。正是这种能力，使我学会了从知识脉络中查找和弥补漏洞的方法，也形成了从思维激荡中探索和攻克思维盲点的习惯。这些"个性化因子"对我现在的研究工作同样也作出了不可估量的贡献。因此，各科平衡是走向"通才"的基础，但偏科也可能开启了"专才"之路。只有把记忆宝典与考试技巧这些群体化方法与个性因素连接起来，才不至于在题海中不能自拔，才能在今后的大学学习中立于不败之地。

在高等教育已经大众化的今天，大学梦的内涵与外延已经发生显著的变化。昔日与职业直接关联的魅力已褪色不少，但作为个人成长社会化的前奏或社会化的一个准备阶段，大学生活的深层意蕴仍然是一个亘古不变的主题。作为一个蛰居于高校的大学人，寄语怀着大学梦的莘莘学子：祝愿你们能够找到个性化激情的载体，练就能够发挥自身禀赋、别具一格的学习方法，在通往大学之路和在将来的大学学习生活中左右逢源、游刃有余！

【读后感】

《找寻个性化的学习激情与方法》读后感

高三（2）班　郭　晴

水滴石穿，绳锯木断，成功总是由一点点努力积累而成的。中国清代的著名学者金缨如是者说："日日行，不怕千里路；常常做，不怕千万事。"高考亦是如此。当你全身心地投入复习中，紧跟老师的步伐，做到忙而不乱，那你便总会有收获的，长此以往，自然会有所突破，即使最终失败了，至少能让自己无怨无悔——这是最重要的。当然，在学习过程中心态和方法也是万分重要的，作者的成功并非偶然，懂得调整心态，明白哪些该做，哪些还不是时候，也付出了许多。我们可能无法拥有她的智慧，但至少可以借鉴下她的学习方法——这对我们的提高绝对实用。最后，与大家分享一下我的座右铭：成功源于对梦想的执着，只要你想，就一定能！

我的大学梦，圆在春暖花开时节

深圳信息职业技术学院副教授　谢晓勇

【作者简介】

谢晓勇，中南大学计算机应用技术专业硕士研究生，深圳信息职业技术学院副教授。

" 你长大一定要上大学！"

妈妈的话，对我来说懵懵懂懂，但绝对权威！

妈妈小时曾有过上学的美好时光。后来妈妈失学，一日三餐饥肠辘辘。妈妈参加工作后，拼命学习，看到大学生（舅舅是大学生）在家读书的情景，万分羡慕！

大学梦，是我的梦，更是妈妈的梦。

我出生在农村，听大人们说，要想跳跃农门，只有上大学。从入学的第一天起，我便开始编织着我的大学梦。

我有两个姐姐和一个哥哥，大姐和大哥是属于学习聪明型的，成绩一直都很好，而我和二姐是学习比较刻苦的。为了减轻家里的负担，大姐和二姐都选择了读中专。

大学梦，萌于《趣味数学》。我小学就读于当地的小学。给我印象最深刻的小学老师当属三、四年级的数学老师——和我同姓"谢"，他是湖南师范大学的高才生！我虽在班上年龄、个头都偏小（那时学习差的可以留级，班上学生年龄差达4岁之多），但学习成绩（尤其数学）一直排前，第一学期考试就获得一个"铁皮文具盒"的奖励，至今还能记起文具盒上"海阔天空"的图案。记忆中，我自三年级起，手中就喜欢拿着一本《趣味数学》课外书（接近于当今的《奥数》）！书中那一道道奥妙无穷的趣题，把我带入了数学王国，让我流连忘返。在《趣味数学》园地里，我因为理解并解答了一个又一个数学题，鼓舞了自己的学习劲头，自学能力得以提高，上大学、当数学家的理想逐渐萌芽。

在高中，我真幸运，与后来我们市高考状元张利同班。"山外青山楼外楼"，来不及回味，来不及沉醉就马不停蹄地进入高中学习。这时，按照爸爸的指导，预习是我学习的新常态，每天做到带着疑问听课；每天睡前，我梳理一遍当天所学的知识点后才能安心闭眼；同学互帮互助，常聚一起讨论；老师认真负责，晚自习到班里答疑解惑。紧张学习之余，上午课一结束，我们呼啦啦冲上讲台，每人占领黑板一角，干啥？——练字！张利常下去观赏我们的杰作。一次他擦去我写的一点，重新点上。呀，这字顿时大放光彩！我享受着汉字的结构美。一点之师，幸甚！那时班主任王老师在课堂上常讲："大学并不神秘，大学并不可怕！"我们都想上大学，盼高考！个个摩拳擦掌，学习热火朝天。

1997年，我高考落榜，梦想破灭，顿时觉得前途渺茫。痛苦中我昏睡了一个月，没出家门。迷茫中，我看到林语堂的一句话，激起心中的波澜："人生不能无梦，无梦则无望，无望则无成，生活也就没有兴趣。"我意识到自己还年轻，不能这样颓废下去。

大学梦时时督促、激励自己天天向上！

1998年，中国改革开放的春天，我如愿考上中南大学，梦圆在春暖花开时节。

收到大学录取通知书那天，看到我被录取到中南大学计算机科学与技术专业时，我们全家欢天喜地，如同过节一般。

好梦终于成真！大学梦，这块沉甸甸的大石，终于搬离我的心头。我浑身上下轻松万分！

那一夜，我睡得很香甜、很安稳、很满足……

【读后感】

《我的大学梦，圆在春暖花开时节》读后感

高三（10）班　郭栗良子

作者梦圆在春暖花开时节，我们将圆梦在热火鎏金的盛夏。

梦想是我们心中永远不落的太阳，因为，梦想是不能被别人打破的。它一直在我们心中燃烧着，放射出光芒，直到熄灭……那就是你自己放弃了自己。正如，God helps those who help themselves.

每个人都可以决定自己的命运，不管你是否聪明、是否优秀，只要你为之努力，没有什么事是做不到的！

相信自己，用梦想、勤奋、汗水和兴趣创造奇迹，成为命运的主宰者。而高三，就是最好的时机——凤凰涅槃，浴火重生！

人生处处是起点

香港中文大学（深圳）讲师　陈海瑞
蒙利家家庭成长中心创始人　陈雨濛

【作者简介】

陈海瑞，香港教育大学教育学博士，香港中文大学（深圳）人文社科学院讲师。

陈雨　，香港教育大学教育学硕士，蒙利家家庭成长中心创始人。

我和我先生海瑞均出生在浙江的一个二线城市——台州。这是一个依山临海的城市。虽然地理位置并不优越，但是出于台州人踏实肯干、勤劳致富的态度，台州成了全国第一个股份合作制企业的发源地。20世纪80年代末，很多台州人敢于拼搏和创新，下海成为个体户。我和我先生就是出生于20世纪80年代末90年代初、经济快速发展的时期。

先来说说我，我的父母都来自农村，按他们的话来说，在学习之路上比别人多坚持了一下，于是就成了有文化的人，后来有了份稳定的铁饭碗。但是，因为双方都出身农村，上辈们多子女，所以我自小没有长辈带。再加上我的妈妈是业内出了名的敬业，自然家庭方面就难免有些被牺牲了。所以按现在的说法，我6个月的时候就上了托班，后来邻里间东拉一把、西扶一下，我就长大了。反正，现在我妈如果要回忆起对我过往的生活的照顾，总觉得满是心酸，总觉得亏欠太多，因为我有很多次大难，如车祸、烫伤之类的。

我打小是个比较乖的孩子，小学成绩并不突出，算是中上。那时候全国推行素质教育，"减负"口号特别响亮，所以我们算是接受素质教育的先行者。那时，课后班也已经开始有了风气，如有名师带着学写作，奥数补习都已经开始流行。小时候只要我的发小兼邻居有什么课要上的，她的妈妈也就基本上会算上我，算是在假期里也有个去处。那时我也有个兴趣爱好，就是绘画，从差不多五六岁开始学，一直到高中因为学业紧张，再加上家人觉得我成绩很不错，也没有支持我走艺术的道路，于是就慢慢歇了下来。

在小升初的时候，我没有考上比较有名的私校，如果要上需要支付一笔不小的赞助费。所以大人就让我上了学区的一所口碑还不错的公立学校。那时候成绩中上游，在班级里是宣传委员。但是，这个班级的整体学习氛围很一般，大家没有学习的状态，我也不怎么喜欢当时的老师。可能自身的危机感迫使我很想挣脱这个环境，在初一的寒假，我向家人提出转学的想法，或许是我第一次这么有主见，我妈妈最后还是帮我转了学，上了当初没上成的私立学校。

这次转学或许是我人生中的一次小转折。刚进入新学校、新班级的时候，还是极不适应。这是一所半封闭式管理的学校，有严格的晚自习制度，所有的女生都得留短发，大家都得穿统一的校服。除了早餐以外，午餐、晚餐都在学校解决。住校生还有严格的晨跑制度。总之，在外校师生眼里，我校就是出了名的严格。当时，自信满满的我觉得自己成绩应该也有中上水平，但是现实总是有些残酷，我在班级的成绩是明显的中下游，年级成绩排名也是中游。

印象特别深刻的是有一次英语单元考，我考了88分，但是在班级里是倒数第4名。这种残酷的现实自然给我敲响了警钟，让我不得不警醒关于学习的一切。有时候，人认真起来，真的可能效率状态也会不一样。那时候，我们还有中考加分项，如你有一些特长的全国级别证书是可以加分的。于是初二的时候，我就报名参加绘画等级考级，那时候我一边准备绘画考级，一边忙于应付学业，其实还是蛮焦虑的，生怕互相影响。后来，很幸运的是我绘画等级过了，能为中考加10分。那期间的月考成绩也是出乎意料地像坐火箭似的进入了班级前15、年级前100。突飞猛进的成绩和老师的肯定，都让我倍有信心，也让我有机会进入学校准备全国科学竞赛训练的机会，当然日子比以前更苦一些，但是现在想想也是充实而美好的。到了初三的时候，我的成绩已经可以稳在班级前10、年级前50了。在中考的时候，我不用加分也很顺利地考上了省重点高中，后来在分班考试中又进了重点班。在初中生涯，我特别感激班级的同学和老师，整个班级学习氛围特别好，同学之间又互相帮助，老师也非常尽心负责。

初中毕业后的暑假，我利用假期进行了一次系统的减肥，因为我从小到大一直都属于胖孩子，体重一度达到130多斤，在短短的2个多月时间，我通过锻炼和极度的节食让自己瘦了20多斤。就是因为不够科学，我的身体没有以前强壮而我却浑然不知。这也间接地影响了我未来的高中学习生活。

进入高中后，或许习惯了紧张的初中生活，一下子进入宽松无比、自由度极高的班级，我非常不适应。到高二的时候我们需要文理分科，记得当时我的物理成绩相比其他科目差。父母觉得女孩子可能学文科更得心应手些，就建议我选了文科。于是，高二的时候我就进了文科班。后来在学习中，我发现我是属于那种文科班中的理科生，对偏理科的课程更有兴趣，对于要记要背的学科没有那么大的兴趣，有时也会觉得当初是不是该选理科更合适些。潜意识中的焦虑和学习的压力，以及对体形的控制让我的胃出现了很大的问题，我得了胆汁反流性胃炎，吃下去就吐。这种情况严重影响了我的学习状态。虽然成绩保持着年级前30，但似乎心有余而力不足。后来高考的时候，我以为自己考得很好，信心满满，觉得自己数学可以考140分，后来成绩出来后大跌眼镜，我出现涂卡失误，这也让我和重点大学失之交臂，进入普通本科院校。

伴随着高考的失意，专业被调剂的不愉快，以及对大学生活的好奇和小期待，我进入了嘉兴学院。刚进大学时，我的专业是市场营销，当时这门学科是属于新开学科。父母都觉得这个专业不实用，希望我能奋发向上通过大二的转专业考试进入我们学校历史悠久的王牌专业——会计学。于是我又开始了为了父母的目标而奋斗。由于我性格比较开朗，人缘不错，于是我成了营销班里的全班同学力挺的团支书，人称"大姐大"。倒不是因为我年龄大，而是大家都觉得我直爽霸气、雷厉风行，再加上有一次替班级一个同学出了个头，就给了我这个外号。

大一的学习生活和业余生活都过得很丰富，很快一年就过去了。当然，我也成功地转了专业进入会计班。这是个求稳且严谨的专业，但对生性活泼的我来说难免有些枯燥乏味，但我又不得不铆足了劲学，因为我需要在大二的时候，把大一会计的专业课内容的学分也补上。于是，我的营销班室友看剧的时候，我在记账；室友外出活动的时候，我还是在记账。我无时无刻不在怀疑自己转这个专业是为什么，这个专业与我的兴趣完全不符合，只是为了父母口中说的实用，找工作容易，而且越老越吃香，就盲目地听从了，自己并没有真正考虑。

就在这种不断学习和自我怀疑中，大学4年就这么过去了。当然这个专业的确具有找工作的优势，我毕业后没怎么担心工作的问题，顺利地进入了银行系统工作，后来又很顺利地跳槽进入国企的财务部门成了财会的一员。虽然工资丰厚，成了别人眼里的小白领，开车穿美美的套装，但是骨子里仍是不满足这种做会计枯燥乏味的工作，觉得自己并不想一直这样过一辈子。所以我经常也会跟我的先生，当时还是男友的海瑞吐槽。

再来聊聊我的先生海瑞。他的父母来自城郊农村，生活地区是中国小商品市场的发源地，所以大部分人都选择经商下海。我的公公婆婆也顺着大趋势成了个体户。据我婆婆回忆，那时候大家都奔于生计，海瑞小的时候也是无人照顾，吃着百家饭长大。海瑞回忆自己小的时候是个混世魔王，只要他去外婆家，总能掀起一阵风浪。他总是追着鸡鸭跑，喜欢拿小鞭炮去猪圈放，吓得猪满猪栏跑，还总喜欢去河边玩，玩得一开心就掉入河里，被邻居捞起多次，大难不死。

后来到了上小学的年纪，出于无人照顾又想给海瑞好的教育，公公婆婆把他送到杭州上一所私立的寄宿制小学。那时候因为交通没有现在这么发达，从台州到杭州需要坐8个多小时的汽车。于是，我的婆婆或公公大概一个月一次坐着夜班大客车去杭州看望他。平时上课的时候，海瑞只能在学校，后来公公婆婆托人找了一对退休夫妻在周末照顾海瑞。就这样海瑞在杭州待了4年，后来因为上初中的政策问题，才回台州继续读小学。

海瑞回忆自己回到父母身边后，父母由于工作忙，也没有办法很好地照顾他，吃饭也经常在街上买来吃。海瑞说我婆婆那时候很开明，他想要一台游戏机，其他的同学家长都不给他们买，只有他的妈妈觉得只要不影响学习也可以使用，别的同学都特别羡慕他。

由于平时在街上吃得太多又缺乏运动锻炼，他一下子就变成了小胖子，形象堪比米其林。那时他父母的生意越来越忙，更加无暇顾及他，慢慢地，他就像是一匹脱了缰的野马，下课后和同学约着打游戏，把爸妈给的零花钱都用来买游戏卡，夸张的时候，甚至在爸妈都出差的时候还逃过3天学。在我们的婚礼上，他当时的小学老师回忆起来都有些难以置信，觉得海瑞这个学生对他来说印象深刻，在她教学生涯里是"前无古人后无来者"。

进入初中后，除游戏外，海瑞对篮球着了迷。他把很多时间都花在篮球上，他说曾经有个篮球杂志他每期必买，现在回忆起来都觉得有些疯狂。很自由的初中生活让他的成绩下滑，后来进入一所民办高中。据海瑞自己回忆他刚进高中那会儿，还是一如既往的自由散漫，经常打游戏和打篮球。当时的班级学风也很一般，大家似乎都在混日子。突然有一天，他觉得不能再这么混日子了。于是，和公公婆婆商量后，他转学到我们当地另一所学风严格的私立学校高中部。我毕业于这所学校初中部，我的一部分初中同学成了他的高中同学。进入新的学校后，他被安排在讲桌的旁边位置，吃了两年半的粉笔灰。当然这个粉笔灰吃得倒很有价值，由于海瑞自身的努力，他在成绩上的进步也是有目共睹的。那时，我的公公婆婆还为了他在学校附近租房子，尽力做到陪儿子吃一顿早餐。我曾经问过海瑞，为什么那时他会选择走体育生这条路？他说出于对篮球的喜欢，也感受到运动对自己状态所带来的改变，他因为热爱运动，成功减肥。因为喜欢体育，也享受这种自身的改变，他坚持了下来。

我的公公每次回忆起海瑞准备体育专项考试的时候，总说太苦了。当时他家住二楼，他因为高强度的体能训练，酸痛得爬楼梯都爬不了，腿抖得不行。我婆婆看了心疼得偷偷地抹眼泪。但做父母的看到儿子这么坚持，只会喊加油。那时，他最常挂在嘴边的一句话就是"跟它拼了"，不会说泄气话。付出总是有回报的，最后海瑞成功考入武汉体育学院。

上大学后，海瑞仍然很努力。他对很多体育运动都有极大的兴趣，获得了很多国家一级运动员等级证和裁判员证。后来他还选择了网球作为他的运动专项进行专业训练。我婆婆总觉得他儿子等到大学毕业回老家当个小学体育老师就挺不错了。

但海瑞的想法可远不止于此。当时他在大学里就了解到香港教育大学有专业的体育科学与体育教育专业的硕士课程。于是和父母商量后，他决定努力争取一试。最后他也成功被录取了，开始南下"港漂"生活。

我和海瑞相识于我们大二时期的寒假。那时，我和初中同学约着去旅游。因为其中一个小伙伴爽约了。于是，海瑞作为初中同学的高中同学出现了。我们第一次相见于火车站。我们一行四人一路谈笑风生地南下，并在旅途中留下了特别美好的回忆。或许这就是冥冥之中的缘分，让两个青春无敌的人走到了一起。

后来大学开学后，我俩一个在浙江，一个在湖北。后来他去了香港读研，我在台州工作。由于会计的工作性质，那时候出境也极其麻烦，于是我们也见面极少。等到他快毕业的时候，我们当地有特警的公务员考试。当时，家人都觉得可以一试，我知道他其实是不怎么喜欢的，可能是为了我求稳定的期盼，也有部分出于对长辈的考虑，最后他还是参加了。当然最后，他以0.5分之差没有考上。之后他回到香港继续攻读他剩下的硕士学业。

硕士课程快结束的时候，有一天，他跟我说他有机会可以读博士，想要争取一下。当时，我脑袋蒙了一下，觉得体育竟然还有博士，好像从来没听过。当然，这与我那时候的眼界比较狭隘有关，不了解罢了。那时，我记得我还是有些不开心的，但冷静下来，还是鼓励他勇敢尝试，去拼搏一下。我们也在那年注册结婚，彼此约定。

海瑞顺利开始攻读博士。突然有一天，他跟我说："既然不喜欢现在的工作，那就换个环境出来看看吧，换个视野，重新想想自己想要做什么。"当然这句话说得容易，但是实际操作起来困难重重，放弃稳定的工作也心有不甘。特别是我的家人，觉得这是一件特别冒险的事，希望我从长计议。于是我开始散漫地准备雅思考试。对我来说，大二六级考试过了之后就几乎没有碰过英语，英语基本忘得差不多了。工作后，想要再把心思投入学习中也很难。于是拖拖拉拉准备了半年之久，成绩总是不令人满意。那时，父母觉得我挺努力了，因为白天工作，晚上要学英语。我也觉得自己挺用功的，但总是小分不够。那时我经常一味地哭着埋怨海瑞，向他诉苦，总觉得因为他，我要折腾。但是海瑞总是心平气和地让我向他诉苦，倒"垃圾"。他说要一起奋斗，他在努力，希望我加油。最后，在距离申请的时间越来越近的时候，我一狠心跟家人表了态就把辞职报告给交了。当时，单位的人都觉得我疯了，领导还劝我三思，说辞职信愿意为我保管几天。我当时就潇洒地拒绝了。辞完职，我专心准备了雅思2个月，后来顺利取得满意的成绩，成功拿到他们学校的offer，开始攻读学前教育专业，并另外申请了人力资源发展作为第二专业。

开始读研的日子，我发现从小到大的学习方式和研究生的学习方式是完全不同的。每天都有大量的文献资料要阅读，要适应小组工作和各种课堂报告、论文写作。那时候海瑞已经拿到香港中文大学（深圳）的工作offer，大部分时间会在深圳。我也理解那时候海瑞一个人在外读研的确也不容易。

在读硕士的第二学期中的时候，我们意外有了宝宝。出于对生命的负责，我们决定克服困难迎接她。那时，我既要克服孕期反应，又要努力完成学业。海瑞也很辛苦，不仅要适应新的工作环境，还要努力写博士论文，并且要尽量照顾我。我们就彼此鼓励着、扶持着，虽然有时大家也有情绪，但都努力地克服过去了。

最后，我顺利完成学业，也顺利晋级成为妈妈。为了更方便地照顾孩子，我们举家迁到龙岗，我也放弃了香港国际学校的入职offer。后来受到朋友的邀请，我到蛇口协助她创办儿童之家，为了家庭每天往返于蛇口和龙岗之间。前年，我刚好留意到第一届国际蒙特梭利小学课程在中国开办，于是和海瑞商量后决定去攻读这个国际证照。没想到他非常支持我。于是我就一年有近4个多月不在家，我不是参加课程，就是在境外参与实习、参访学校。去年，我回龙岗创立了个人工作室。我们也在不断奋斗中迎来了我们的第二个孩子。

有时候，我们聊起来，总觉得我们属于比较努力的情侣，从恋爱、结婚到生子，即使有矛盾，也没有说要放弃彼此。我们总是在彼此鼓励、彼此加油。从最早的努力成为更好的自己，到彼此鼓励成为最好的伴侣，再到成为最好的家人。

感谢刘老师的邀请，让我们分享成长经历。非常感谢亲爱的同学们愿意花时间来了解我们。我们总觉得自己不够优秀，高中生活也不够出彩。但是，从我们身上，或许你可以看到你们似曾相识的影子。我们俩都从懵懂的孩子到慢慢知道自己做什么，想做什么，并为之努力。我们走过很多弯路，但是所有的人生经历都积淀成了现在的我们。真正想做的，什么时候开始都来得及，这样也不会有太多遗憾。

或许在你成长的过程中有很多遗憾，有些后悔，但是我想说的是，无论前面你的成长之路走得如何，无论现在你学习的起点在哪里，高考只是大部分人要经历的一个关卡，还是需要我们为之奋斗的。但是，它并不能完全决定你的人生，所以也不要给自己过多的压力。希望现在可能迷茫的你，想想自己想做什么，什么是你喜欢并愿意付出努力的。当然，你可能现在有遇到让你心动的人，或者是互相理解的人，希望你们也能彼此鼓励，成为学业路上彼此激励的伙伴，一起度过人生中无比充实的高中生涯，共赴前程。

亲爱的同学们，愿你在高中奋斗的三年里，青春张扬，岁月无悔。

【读后感】

《人生处处是起点》读后感

高二（9）班　吴家兴

读过之后，有些许心动，有些许迷茫，有些许振奋，有些许坚定，有些许热泪盈眶。

"亡羊补牢，犹未晚也。"如是我闻。

虽怀念过去，但不必向往；虽将战未来，亦不必恐慌；虽于今无望，却不必失望。心中有梦想，身边才会有希望。子曰："过而不改，是谓过矣。"若能过而改之耶？刚无过矣！像陈海瑞前辈，虽是在老师眼中"前无古人后无来者"，亦是浪子回头，搏出岁月芳华。像陈雨濛前辈，虽是随波逐流地学七学八，亦是寻出心中所爱，毅然决然地从头开始，拼往心中彼岸。仅吾观之，两位前辈并不比考神、学霸，却能果决斩断过往无数，从此刻开始，向未来进发，无惧无悔。两位前辈尚且能从人生的低谷攀至此，而况吾辈哉！岂是吾辈之身体发肤弱于前辈乎？上将军廉颇、五虎将之一的黄忠，老当益壮，岂是将军之身体发肤强于吾辈乎？仅吾主观而断，将军、前辈是以壮志雄心、赤诚肝胆，方能于战场杀敌无数，于考场读研攻博。而吾辈则何如？将何如？陈海瑞前辈在精疲力竭之时，沿爬着一阶又一阶的楼梯，怒吼道："跟它拼了！"陈雨濛前辈在人生安定之时，仍有远大志向，放解一切，"跟它拼了！"而况吾辈哉！或许曾经有什么没有珍惜，但却不必追悔莫及。未来拥有无限可能，它是登天梯，也是勾魂索。能左右未来的，在于如今的吾辈。尽情呐喊，也必行徨。人生处处是起点，是老是壮皆可拼。

永远年轻，永远热泪盈眶，此之谓也。

第四篇　公务员篇

青春是一场呼啸而过的盛大焰火

——献给每个奋斗着的孩子和心中有爱的孩子

佛山市人民检察院公诉科　韩文华

【作者简介】

韩文华，大学毕业后任职于佛山市人民检察院，喜欢读书，勤于思考，写作功底深厚，有爱心，乐于助人。

一

十四岁那年，我去了远方。

与母亲和父亲在车站前告别，只乖巧地挥了挥手便转身离去。

当我成人后，有过无数次的别离，却再也没有当时的淡定。十四岁的年纪，看不见身后的牵挂和担忧的目光，一心想着远处的风景，和那些即将爱上的人。

从此，我开始在一个陌生的城市独自求学。那是一个安静的小镇，有着异常漫长的冬天。空气清新而干净，偶尔有飞鸟越过头顶，然后长久地在灰色的房顶上盘旋。我极少走出校门，总是背着书包独自走在那片四四方方的天空下。我想，这片单纯的风景让我爱了很多年的理由，应该是它有我喜欢的安静的教室、空荡荡的走廊、被时光腐蚀过的桌椅，以及那些简单的人际关系。

十四岁的少年，所有的梦想都显得干净和纯粹，有着不为人知的孤独和桀骜不驯的神情。

说不清楚为什么，那时候我常常是一个人。很少与人交谈，如果老师不点名一定不会举手发言。这大概与我的性格有关，从来都是一个沉默的孩子，不懂得表达自己，如果不是因为成绩优秀，身上便再无其他发光的东西。记得在一本书上看见过这样一段话："在学校这样色彩斑斓的世界里，是有人可以做到出淤泥而不染的。可以轻易把握自己的过去与未来的方向，不甘落入平凡学生的圈子，因为知道自己追求的并不是少年的无知与激情，所以不会和普通的学生那样，把精力投入在恋爱和黄色录像上。"

我也是在许多年后，才明白自己成功的真正缘由。只是在那时的年纪，我是无法看透这些深奥的道理的。记得在一次军训中，长途拉练后，许多孩子累得躲在被窝里哭。教室外面守候着来探班的家长，手里拿着精致的食物和御寒的衣物，心疼地抚摸着孩子的脸庞温柔地问候着。当时身处一堆被溺爱的人群中，那些耀眼的幸福折射在我的眼里，深深刺痛着我。

就这样一个人坐在黑暗的角落，地上是自己铺好的被褥。拉开裤腿轻轻抚摸着被草叶刮伤的痕迹，想起身在千山万水之外的父母，抬起手背擦干了眼角的泪，开始明白，即将面对的，便是如鱼饮水、冷暖自知的生活。

当我已经二十六岁，回顾当初的一切，常常会想：如果将来，我有了孩子，一定会让他像妈妈一样，早一些开始独自面对迈向人生的道路。真正的爱，不是给予丰盛的物质，不是披上华丽的衣裳，而是给予他面对挫折时的乐观，面对孤独时的勇敢；让他在疼痛中学会坚强，在得到时懂得加倍付出。

因为懂得，所以慈悲。

只有智者的母亲，才懂得教育自己的孩子，如何学会在成人的世界里，不失生命的坚忍和傲人的风骨。

二

一个人走夜路，直直的街道，浓密的树荫和冬天的月光，风卷起几片叶子就这样孤零零地从我眼前晃过。一转身就看见了小时候的自己——单薄的身影，蜷缩在漫天飞雪的路灯下。黑夜，悄悄燃尽，曙光，照亮黎明。

小城本地的学生放学就回家了，晚上只留下住校生在教室自修。老师偶尔会来辅导大家功课，时间不会太长。调皮的男生便会抓住空隙溜到隔壁班，隔着窗看喜欢的女孩儿，把结满霜花的玻璃敲得"咯咯"响。抽屉里突然出现一封没有署名的情书。望出去，只有无边的夜色。心跳得很快，颤抖着把信扔到垃圾筒，故作平静又莫名不安，那些曾以为困扰的年少岁月，回忆起来，竟是如此纯洁无瑕。多么可爱的年纪，青春萌动却无法言爱。再也回不去了。九点半宿舍熄灯，整个城市也逐渐睡着。我走出宿舍，来到守门的老妈妈的小屋里，借着昏黄的灯光继续温习，也几乎必然是清晨第一个推开大门的女孩。堆积了一夜的积雪，白茫茫的，好看得不行。落脚踩在上面，步步清晰。如果早知道这些小小的脚印将见证我通向灿烂的明天，看到那些美不胜收的风景，遇上那些温暖自己的人，怕是会忍不住泪流满面吧。

一个孤单的孩子，从未想过有一天会因为勤奋而感动许多人。但从小学一年级开始，我便频频拿奖，得过许多荣誉，名字永远排在光荣榜的耀眼位置。像电视剧里老套的情节那样，身边的叔叔阿姨开始念念有词地拿我的名字教育自己的子女，后面的小学弟学妹们一副崇拜的表情拿着小本子向我请教学习方法或者各类问题。都说我是被幸运女神眷顾的孩子，连我自己也以为是。后来，才发现那些所有沉甸甸的得到都源于自己有超乎寻常的努力。事实，仅仅如此。

所以，我一直缺乏一个尖子生应该有的豪情壮志。填高考志愿的那一天，我和妈妈躺在床边谈心，跟妈妈说，真的已经尽力了，无论上不上重点都没关系。路会越走越好，将来无论身在何处，都会度过一段无怨无悔的大学岁月。在说到"尽力"两个字的时候顿了顿，终究是有万千感慨的。我一直很理解那些真正付出过的人才能拥有的坦然，这份坦然，不是一种表演。

我认为人们喜欢学习好的孩子并不是分数本身产生的吸引力，而是一个人能明确自己的身份，学会取舍，在属于他的那个阶段静下心来做好自己当前的事情。这是一种可贵的品格。这种可贵的品格会逐渐沉淀在他的骨髓里，从而影响他以后的一生。

青春是什么？没有赘肉的小蛮腰还是不染风霜的眼神？我希望每个身处黑暗中的孩子都要勤劳、要勇敢、要乐观、要坚持，既知足常乐又奋斗不息。即便你考不到高分也拿不了奖学金，也没有关系。良好的品格一定可以成就你不平凡的一生。就像小时候，每当我拿着第一名的成绩兴奋地奔跑到爸爸妈妈面前时，他们总是平静地回答我，只要已经做好你能做到的，就够了。

正是这样一句话，在一颗年少的心里产生了一种强烈的暗示，使其能顺利上重点高中、重点大学，以一种所向无敌的豪情拿下每一个想拿到的成绩和荣誉，闪亮亮地告别学生时代。一直铭记父母的教诲，即便如今的我不再是众人关注的焦点，因为从不追求那些虚无的名、缥缈的利，成长的道路才少了太多压力。因为始终坚持做人的准则，所以，即便身处这个物欲横流的世界，也能活得光明磊落，堂堂正正，保持灵魂的干净以及情感的诚实。

迎着风走路，没有人可以阻挡我的心想去的方向。越单纯，越幸福。

就是这样子。

三

转眼，夏天就到了。阳光透过枝叶，零碎的光圈散落一地。岁月在指间汩汩流淌，一不小心，天又凉了。脱下肃穆的制服，换上白色的T恤和人字拖，踩着心爱的单车，一个人跑很远的路，去喝一种名字唯美的饮料。沿途遇到许多颜色不一的猫咪朝我孤独地吼，烫着小玉米碎的男孩搂着稚气未脱的女友嬉笑着如风景般一闪而过。阿桑在唱《我是真的受伤了》，郭敬明说没有人懂我们浮草般的世界。"忧伤"这个字眼，到处都流行。我不是一个喜欢干涉别人生活的人，我认可每一种道德范围内的生活方式。多年的司法工作使自己坚信没有什么比拥有健康的身体和健全的人格更加重要。我尊重从事各种职业的人，祝福所有存在着的爱情。但对于亲近的人一定劝说他们不妨成就一番事业，把人生过得更有意义。所以，我会责令自己的小表弟迅速放弃他不满十八岁的女友，远离那些风花雪月的故事，杜绝他花父母的钱讨好那个以刁蛮个性为美的女孩和尚未成型的爱情。

我们都是这样慢慢长大的，顶着世俗的压力和长辈的训诫，依然无法抑制地开始萌动心中最纯真的情结，难以忘怀那个人生若只如初见的爱人，梦想和他（她）

去做一些疯狂的小事，无论对一个人还是一件事物的感情，往往不是极端的快乐就是极端的伤心。因为不懂爱，所以容易索求无度，以为自己可以为爱倾尽所有。回首往事，才发现那些所有"亲爱的"，称呼的都是你自己。经常遇到许多小姑娘向我倾诉青春期的烦恼。我总是认真地告诉她们，倘若真的遇到了真心相爱的那个人，不如暂时勇敢地放一放吧。那么美好的青春年华，你们一定可以拥有无数个发光的未来。我不敢说高考将彻底改变一个人的命运，但它一定在很大程度上影响着你是否能拥有一个更好的明天。因为青春里的我们太情绪化，才不敢选择任何的挥霍，才要小心地回避盲目的男欢女爱，这和大人拿狼外婆的故事吓唬小朋友不一样。一旦你拿自己的前途和命运做赌注，输掉的，除了原本可以拥有的美好未来之外，还有你惺惺相惜的、被世俗的物质腐蚀得面目全非的爱情。

有谁能够承担起这样一无所有的荒凉？我之所以这样郑重其事，是因为，他们说的，都是真的。

所以，请相信我。真正的爱，不是懵懂的一往情深，更不是奋不顾身的为爱痴狂。这些，都是某些电视剧中才会有的幼稚情节。一个聪明的姑娘，应该勇敢地站上那个改变命运的舞台，用勤奋和汗水绽放出她生命最美丽的光芒。如果这个世界上真的有幸运女神，她会带你去一个美丽的地方，那里有诱人的丁香花，千万个和你一样可爱的孩子。在弥漫着春日阳光的香樟树下，伫立着你心中的小王子，笑容依旧，就像你们的初次相遇。这时，只需要一个问心无愧的眼神，已经足够让每个爱着你们的人，感动一生了。

十四岁那年的冬天，我终究没有迈出最后的脚步，正面面对那个让我刻骨铭心的人。即便用了剩下的九年去想念，滚烫的日记也终于布满了灰。

时光会揭开所有的真相。我们常常需要走了很长、很长一段路后，才能明白哪里是你最后要停留的地方，谁才是你真正应该珍惜的人。若干年后，当我穿着棉布裙子，在泥泞的小路上遇到一个染着金发的红衣青年，才发现那个以为自己会爱了又爱的人早已不复当初的模样。目光相遇时，他微微皱了下眉头。身旁美艳女子浓浓的香水味里，再也闻不到当初的青草气息。于是，轻轻退到一旁，再然后，他们继续调情着与我擦肩而过。他，已经不认得我了。

雨越下越大了，打湿了额头上的头发和长长的睫毛。一个英俊的男孩撑起伞，默默走到我身旁，扶住我的身子带我转身消失在雨幕里。我拉着他的手，安静地走路。

只要轻轻抬起头，就可以看见他温暖的肩膀和干净的眼神。

这些，只有经历过大学，才会感受如此真切、深刻。

【读后感】

《青春是一场呼啸而过的盛大焰火——献给每个奋斗着的孩子和心中有爱的孩子》读后感

高三（17）班　杨晓云

一个十四岁的孩子离开了家乡，离开了父母，孤身一人来到异地求学。她拒绝了喧嚣，拒绝了爱情，一心一意苦读着、奋斗着……最后，在她成功之时，幸福也悄然降临。

韩文华的经历，让我懂得了对于成功，不是别人收获了太多，而是自己付出得太少。别的同学之所以成绩那么好，是因为他们努力奋斗了。所以，停止一切的抱怨吧！从现在开始用积极的态度面对高考、面对挑战，度过高三这一段既充实又有意义的时光！

学会放弃与坚持

——我圆大学梦

龙岗区葵涌街道办事处　　刘　赞

【作者简介】

　　刘赞，高中就读于益阳一中，大学就读于湖南文理学院法学专业，本科，法学学士。一个非常有决心、有毅力、有思想、有追求的女孩。通过了大学英语六级、计算机国家二级、普通话二级甲等考试，顺利获得教师资格证，大学四年，每年都获一等奖学金。2005年毕业，同年通过深圳市公务员考试，以该职位第一名的成绩被龙岗区葵涌街道办录取。

　　"风起，微笑的你我偶然以一颗落沙的形式被扬起，飘落在同一个时代、同一个空间，用青春辉煌了这个呕心沥血的花季，我们曾在这里相聚、相知、相惜。我们努力过，我们快乐；我们奋斗过，我们无悔！"这是我写在毕业纪念册上的话。今天当我翻看这些记忆时，眼角仍然泛着泪光，我内心激荡，有股真实的感动，就像一别经年之后，见到了一个久违的心底最敬畏的人。

　　高考，那是一个多么遥远而又熟悉的字眼啊！八年前的记忆仿佛清晰可见，其实并不是那样辛苦的，很多记忆在放下笔的最后一刹那烟消云散，仿佛是没有经历过的、纯白而没有瑕疵的纸张，所有曾经的曾经，都被自己自觉或不自觉地冰封雪藏，变成永不鸣复的回响。

我，80后的平凡女孩，平凡的家庭、平凡的相貌、平凡的性格，在湘中的一座小城市里，度过了自己平凡的童年和少年。唯一引人注目的是一直让父母骄傲的成绩，从小学到中学，担任学生干部、拿"三好学生"奖状，学习和生活都从不让父母操心，仿佛生活永远不会出现波澜。

因为小城市的经济相对落后，父辈给我们的教育永远都是：一定要走出去，留在小城市里没有出息，考上大学才是走出去的唯一途径。从我懂事开始，这个观念就在脑海里根深蒂固，考上大学也就成了我奋斗的最高目标甚至是唯一的目标。

1998年，我以高分考入了益阳市一中高中部，这是一所省级重点中学，每年的高考录取率在全省名列前茅，升入重点大学的学生更是不计其数。在这里，我开始了三年的高中生活，三点一线的生活模式从未改变，枯燥和劳累是对我给自己高中生活唯一的形容。

那时的自己是寂寞的，习惯于一个人孤单地行走，微笑中有落寞的痕迹，但是内心却无比充实，目标是如此强大地支持着我，一千多个日日夜夜，就只是为了那奋力一搏。

2001年7月，天气异常酷热，我走进了高考考场，仿佛一个手持利剑的勇士走入决斗场一样内心激荡。也许是太过紧张，又或许是太多杂念，考试的感觉并不如我预期的好。当高考成绩出来时，我并没有太多的意外，语文、英语发挥一般，文科综合相对稳定，数学离及格线还差几分，总分刚达本科A类录取线，在学校的排名从前二十名跌到八十多名。这样的成绩上一般的大学绰绰有余，但是要上我目标的大学已经不可能了。老师的惋惜、父母的嗟叹，充斥了我的全部世界，痛哭流泪又如何，终究无法改变现实。伤痛过后，难题还是摆在了我的面前，是选择一般大学还是选择复读明年再冲刺，如果选择一般大学意味着多年的理想、父母的希冀将要落空，付出的努力没有得到回报，多么不甘心啊！如果选择复读意味着浪费一年的时间，而这一年又会有多少机会从我身边溜走呢？

选择是艰难的，这种艰难不仅仅是要承受外界的种种压力，更要面对自己内心的困惑。在苦苦挣扎中，渴望的仅仅是理解的目光，也许只是短暂的一瞥，都足以使我感到温暖。

感谢我的恩师，在我最无助时再次为我指引方向，照彻道路。她说，学校不分好坏，再有名的学校都有庸才，再不出名的学校都有德艺双馨、轰轰烈烈的人才。学校不是关键，成绩不是标准，真正重要的，是你对自身价值的求证、经验的积累、自身的成长，以及生存的本领。大学毕业后，你向往什么样的人生、过什么样的生活、做什么样工作，都要清清楚楚、明明白白。终于，我释然了，说服父母，背起行囊，毅然走进了白马湖畔的湖南文理学院。

在这所默默无名的大学里，我从来不曾放弃努力，学校没有一流的师资和硬件，却给了我锻炼自我、塑造自我的机会，让我不断尝试、体会、思考和总结。我选择了最适合自己的法学专业，我永远是自修室里到得最早、离开最晚的学生，不敢虚度一刻光阴；我担任系学生会干部，参加各种社团活动，生活丰富而充实；我通过了大学英语六级、计算机国家二级、普通话二级甲等考试，顺利拿到教师资格证，每年都获得一等奖学金；我在大学二年级就入了党，成为同年级第一个入党的学生。大学期间所获得的成绩和荣誉在证明自我的同时，更让我充满自信，未来的道路任重而道远，自怨自艾没有任何用处，只有全力付出才能拥有精彩的人生。

2005年，我大学毕业了，四年的时间让我成熟不少，我放弃了留校担任辅导员的机会，同许多年轻人一样怀揣梦想来到深圳这个充满机遇与挑战的城市。报考深圳市公务员是我作出的第一个重大决定。我这样一个普通大学的学生，与北大、中大的名校毕业生同场竞争，遇到无数鄙夷和轻视的目光，很奇怪，我没有丝毫畏惧，骨子里有的只是坚毅：我与你们站在同一起跑线上，甚至我比你们付出了更多的汗水与努力，为什么成功的那个人不会是我？就是凭借这种信念，最后在报考同一个职位的两百多名竞争者中脱颖而出，我用行动证明了自己的实力，而不是名校毕业生的光环，笑到最后的那个人是我！

如今，我已经走上工作岗位四年了，直到现在我仍然感激那段经历，如果当年我没有作出那个艰难的选择，如果我选择复读，是不是真能考上理想的名校，我的人生是不是真的会不同呢？但是，我并不后悔自己的选择，当上帝对我关上一扇门的同时他又为我打开了另一扇窗。我放弃了一些东西，得到的却是人生的一次历练，这或许是一个更好的机遇。

　　我把自己的故事告诉身边的朋友和学弟学妹们，只是想告诉你们，高考也许是你通往成功的一座桥梁，但它绝不能决定你的命运。无论是名牌大学还是普通大学，都只能给你提供条件，真正的命运掌握在自己手中！学会放弃与坚持，朝着目标勇往直前！

　　高考，是新鲜的邂逅，充满着诗意的憧憬，闪烁着自信的光芒，交织着魅力的和弦，展示着汗水浸润的春华秋实与柳暗花明。亲爱的学子们，加油吧！为梦想而战！在感受漫长的寂寞和疲惫之后，你们六月的收获，必将是子夜星河，群星璀璨！

【读后感】

《学会放弃与坚持——我圆大学梦》读后感

高三（9）班　谢岚婷

　　经历过高考，在这一过程中长大成熟，再回忆起来，从前认为艰辛的一切都成为美好的憧憬，高三学习的感悟及经历无一不成为经验之谈。

　　刘赞让我懂得在学习中要找到存在的不足，及时补缺，找到适合自己的学习方法，在每一阶段都"有的放矢"才能让我们的学习事半功倍。

　　现在的每一天都是向梦想迈进的步伐。有梦最美，踏实走好每一步，回首时我们不会后悔一路走来的每一步。怀抱青春的激情，用饱满的精神和积极的态度面对高三的各个关卡，迎接属于高三学子放飞梦想的舞台——高考！

梦想成真

深圳市档案局　曹　健

【作者简介】

曹健，深圳大学管理学院本科生、研究生毕业，2006年作为交换留学生赴日本学习；曾获深圳大学特等奖学金二次、南太集团奖学金一次，深圳大学优秀毕业生。

与我曾了解过的诸多"圆大学梦"文章的作者的经历相比，我的大学之路相对要平坦得多，因此让我来写"圆大学梦"的文章或许就没有那么特殊和丰富。尽管如此，我还是愿意班门弄斧，说说自己上大学路上的粗浅经历和仍不成熟的一些想法，和同学们交流学习。

朦胧意识里的大学

我出生于一个城市的普通工人家庭，父母都是西部地区一个棉纺织厂的工人。父母艰苦朴素、吃苦耐劳的作风一直感染着我，我算是个比较老实听话的孩子，小时候经常唱起《读书郎》的歌曲，也傻傻地照着歌词里面的话去做。基本上我的生活相对单纯，主要就是上学，放学回家后按时完成老师布置的作业，有时间帮助家长做做家务。学习目的也很单纯，上学就像自己的一份工作一样，没有什么功利性目的，有时候觉得有一大批小朋友一起玩就很开心。学习成绩算是中等偏上，特别是上小学时，那时候小学生压力不像现在这么大，上学感觉就跟玩儿一样。

听到"大学"这个词并有点想法大概是在小学五六年级，当时只知道小学读完读中学，读完中学要读大学，并且上大学是"千军万马过独木桥"，非常难考。父母从小教育我要好好学习，也大概在我10岁左右的时候开始叫我努力学习，将来要考上大学，以后就不用到车间出苦力，而是去坐办公室。在学校里班主任为了让同学们努力学习，有时候也讲，现在学习的知识都是为考大学准备的，不学好、没有好的基础是考不上大学的。

年少的自己，只是听大人们夸耀上大学如何好，自己本身没有什么概念，心里也没有多想，认为大人们都说好，那就没错的。当时自己并没有争先恐后的考大学意识，只是知道把现在的作业做完就可以玩了，考试的时候考个不差的成绩就行了，考大学还早着呢。

升学目标下的大学

一直到初二，我的脑海里也没有太具体的大学概念，总是认为上大学那是很遥远的事情。等到进入初三，学习气氛不知怎的，骤然紧张起来。一方面是学校老师不断强化中考意识，说只有考上高中才有希望考上大学；另一方面，家长也用各种方式在给我这样的初中生做争取考上高中甚至是重点高中的工作。我当时的目标也比较单纯，就是按照老师、家长的吩咐，努力学习，开始有了竞争意识，向年级优秀的同学看齐，不断提高每次的考试成绩。

在初三的一年里，在学校、家长的鼓励下，在中考升学的压力下，我开始意识到，必须要给自己动力才能奋起一搏考上高中。我先前的成绩排名并不太理想，属于中等。在这一年里除了认真听讲，有不懂的问题勤请教老师和同学外，自己课后又把整个初中的知识系统复习、整理了一遍。这个梳理对于我巩固基础知识和提高成绩打下了坚实的基础。到初三第一学期末，我的成绩稳步提高，由原先的班里10多名跃至前3名，并到最后都保持着。全年级老师当时都对我的进步刮目相看，惊讶我进步的巨大，经常在年级各班提到我。总之，功夫不负有心人，初三会考、中考我都取得了较好的成绩，顺利考上高中。父母也松了口气，曾经他们还担心地问我如果考不上高中是否要复读的事情。

我的初中和高中都在同一所学校，是厂的子弟中学，全名"西北国棉四厂子弟中学"，虽然不是什么省重点之类的名牌中学，但也算得上师资力量比较雄厚，在我所在的区其总体水平还是不错的。上了高中，我感觉到周围的同学都以考大学为目标，学习都非常勤奋，不像初中时边玩边学了。我也不得不暗下努力之决心，朝着三年后高考的目标去奋斗。下面就详细讲述我三年高中学习生活的几个方面。

1. 暗自较劲而又互相交流的学习氛围

高中时，我们有4个班，分为2个重点班和2个普通班，我在其中一个重点班。压力很大，因为很多同学都是外校考过来的中考状元、尖子。班里学习氛围很浓，从高一起同学们就暗自较量，课后不断地温习、练习，有些同学私下找家教补课。每一回期中、期末考试完，大家都不约而同地比较成绩高低和排名先后（虽然现在看来这也算是应试教育的一个弊端），并且老师还特意请考年级前三名的同学到各班里交流学习经验。同学们私下也经常讨论问题，互相请教学习。我当时就经常请教某学科学习好的同学问题，当然别的同学也有问我的时候，我会知无不言。这种竞争的学习气氛和相互交流学习经验的方法，对当时我们全班同学的进步都有好处。

2. 平时全面学习、不偏科

高中学习的目的是考大学，但毕竟是基础教育，所学内容都是为将来的学习和步入工作岗位打下基础。无论是文科还是理科，高考都不会考查过难、过偏的知识。所以，高中必须坚持全面学习，不能偏科。无论将来到高三是选文科，还是理科，全面的基础都是不可或缺的。我所在的学校是比较偏重理科的，平时学校和老师都非常注重数理化，每次期中、期末考试完，成绩排名都只算公共课+数理化，不算历史、政治这些文科科目，因为当时老师们潜意识里把这些科目当作副科。这对于偏文（像我这样的）的学生来说，是不太公平的。尽管这样，我也必须努力学好每科，因为高一高二我都还没有下决心报文科还是理科。基本上未分班前，我的成绩处在班里10多名，也有到20名的时候，在全班约50名同学中算是中游。直到高三文理分科（当时我们高考是3+2），理科班是3个班，文科班只有1个。尽管现在看来当时学校的重理轻文的作风未必合理，但也给了我这样偏文的学生冷酷的理科训练。从后来到大学我还能够继续较为轻松地选修数学等理科课程来看，当时高中偏理科的学习也不算是坏事吧。因此，高中阶段的基础学习，不应该过早分科，全面的学习对于以后自学能力的提高是有很大帮助的。

3. 注重基础学习，不钻偏难怪

高中的知识虽然比初中的知识更宽、更深，但毕竟也只是基础教育，所以高考及一般考试的考查仍以基础知识的综合运用能力为主。在高中时，我曾有一段时间为了提高自己的成绩，专门钻研物理，搞了些难题、怪题，希望能在考试中拉分。结果，期末考试时难题怪题没有出现，即使是试卷最后一道题，也不是特别难，只是考虑问题要全面且多转几个弯。可是试卷前面的很多基础题我因为马虎抑或是因为知识点模糊而丢分了。试卷评讲时，物理老师专门在课堂上给我们讲了要注重基础的问题，他说即使是高考也是考查对基础知识的综合应用，是考查综合分析和解决问题的能力，一定要对基础知识和题型信手拈来。这些话虽然直接指的是物理科，但对其他科也有同样的指导意义。

4. 消除紧张，以平常心去参加高考

经过高三一年高强度的学习，人人都希望自己在最后的高考中发挥出色，达成自己的目标。高三最后的时刻，我的精神不自觉地就紧张起来，总觉得好像这里或者那里没有复习好，就拼命地补充知识点，其实绝大部分都已经练习得很透彻了，但总是不放心。另外，我觉得自己复习那么努力，成绩也还过得去，就想要考北京的全国一流重点大学，自己心理期望值高，无形中压力变得大起来。在7月6日的晚上，思绪不宁的我，在闷热的天气和屋外的嘈杂声下，越发难以入眠，一直到凌晨2点多也没有睡着。迷糊了一阵就到早晨7点半了，醒来后头很沉，眼睛还迷糊着，我非常恼怒，想着这下完了，肯定考不好了。吃完早餐，就仓促地奔赴考场。第一场考语文，因为头晕，意识模糊，我就索性睡了半个小时后才开始答卷，幸好监考老师也没有为难我。下午的政治科，也没考好，脑子里一片空白，好像那些题目都是第一次见一样，其实考后回顾，真题大多都平时练习过，但也只有望洋兴叹的份儿。第一天的考试可以说全面溃败，很糟糕，第二天和第三天的考试因为晚上提早休息，心态也放开了，随便去考，反而发挥算正常了。最终的高考结果当然是不理想的，比平时模拟考成绩要低很多，高考第一志愿没有被录取，被调剂到深圳大学。现在看来，当时上一流重点大学的心愿虽未达成，但我还是幸运的，毕竟上了大学，而且深圳大学在外省的招生分数线还比一些重点大学的分数线高很多。

大学里的大学和社会中的大学

考上大学固然是值得高兴的，因为每一个大学新生都是经过了高中三年的艰苦奋斗才有机会坐在大学课堂里的。然而，进了大学不是万事大吉，而是开始了新的学习，不要忘了自己仍旧是个学生。进入大学后，我周围的同学大部分都很认真地学习，也有少部分平时就打游戏而考试随便应付的。在大学里不认真学习的，其实就是一种自我堕落，白白浪费了大好青春。

大学，是一个继续学习、接受高等教育的场所，是一个高级人才的训练营，是一个自我搜寻知识和提高学习能力的实践平台。在大学里，每个学生都有太多的事情要做，归结为一点就是不断增长知识、增长才干。这个方法有很多，要么钻研学问，要么多参加学生活动和学生工作，要么多参加社会实践，等等。大学是个场所、氛围和平台，而大学里的大学就是大学问，囊括了宇宙天地，那是需要自己不断去怀疑、去否定、去钻研、去领悟的。大学只有4年，时间并不多，所以珍惜每分每秒，才能不枉在大学走一遭。

学问虽大，但单个人难以穷极，所以必须每个学生有所专攻。而这专攻到社会工作和生活上，又会不断遇到掣肘、兴叹的时候，大学的所学显露不足，特别是书本外的实践知识。所以，毛主席曾说过，要善于读社会大学。而这社会大学所学的正是实践之学、经验之学、智慧之学。这个学的领悟要靠大学所锻炼的钻研能力和自学能力来磨炼。

大学是美好的，能上大学是幸运的。在大学，我们能够徜徉在知识的王国里，能呼吸着象牙塔的空气，能享受到一场场思想的盛宴……能圆梦大学，本质在圆梦知识！

我作为一个读过大学的学生，一个还在继续不断学习的人，知识不足，能力有限，写下这些仍旧粗浅而不乏幼稚的文字，如能对后来的学子们有一点点启示，就很高兴了，也希望多批评指正，互相交流学习。

【读后感】

《梦想成真》读后感

高二（2）班　贺　诚

　　从小学到初中，乃至大学毕业，曹健以时间为序，一步步讲述了大学在心中地位的变化和自己的感受，而我也从中学到了许多。

　　"千军万马过独木桥"对高考的阐述可谓是一针见血。作为一名准高三的学生，认清这样的现实对我也是颇有帮助的。"暗自较劲，互相帮助"的学习氛围，在高中正毫无隐藏地在班级中体现出来，我们应该以此为学习动力，在这种"不进则退"的学习生涯中，把自己沉淀于如此环境下，也许能有意想不到的收获。同时，文中写到的学习方法也能让我们运用起来，运用正确的方法，踩上每一颗垫脚石，管理好每一分每一秒，继续无畏地扬帆起航。

　　进入大学是新篇章的开始、旧旅途的结束，即将进入这一关键时刻的我们，应该咬紧牙关，打一场痛快淋漓、没悔恨的高考之战，让自己的梦想成真。

　　正如作者所说的："能圆梦大学，本质在圆梦知识。"相信，实现梦想后的喜悦，是背后勤勉刻苦的果实，是每位莘莘学子的血液，流淌的是知识的长河。

风雨同路人

——我圆大学梦

深圳市龙岗区葵涌街道办事处　凌桂涛

【作者简介】

　　凌桂涛，华南师范大学化学与环境学院化学教育专业毕业，本科，曾任学院学生会副主席、体育部长等职务，两次被评为"华南师范大学优秀学生干部"，三次获得华南师范大学三等奖学金。2007年毕业，同年通过深圳市公务员考试，以龙岗区执法类第一名的成绩被龙岗区葵涌街道办录取。

光阴荏苒，岁月如流。不知不觉中我已大学毕业两年，蓦然回首，才发觉，过去的那段岁月我过得充实而艰辛。过去和现在，其实造物主冥冥中已经安排了我们自己的轨迹，曾经的偏激与挣扎、无助与迷茫甚至绝望、沉沦……都一一化为成长岁月中宝贵的经历，偶尔静静地回想，总感觉到幸福，掺杂着酸与甜的幸福。

从懂事时起，我曾梦想当一个科学家；曾梦想过做医生；曾梦想过进入大学去深造……总之，有太多太多的梦想了。而最引以为荣的是，我终于圆了读大学的梦。

　　回想我所走过的路，依然历历在目。从读小学到初中，我都是做班干部的，每个学期的考试成绩总是名列前茅，每年都能拿到"三好学生"的奖状，从未让父母失望过。

　　但是到中考放榜时，得知只考上高州二中，未能考上最好的高州中学时，我的心情实在是差透了。村里人认为考上了高州中学就等于一条腿迈入了大学，在我之前村里已经有两位名牌大学毕业生，活生生的例子，都是从高州中学毕业的。我心里面的想法也和很多人一样，在高州二中这所一般的中学能够考上重点大学吗？但父亲不这么认为："有机会就要读书，争取考上大学，去搏一搏，不要留下遗憾。祖辈几代为农，你想像你老爸这样子吗？要想走出农村，读书是唯一的出路。"

　　我父母是地地道道的农民，父亲高中毕业后本有机会继续读书，但由于家境贫困而放弃了。他深知知识改变命运的道理，坚持要我继续读下去，盼望孩子实现自己这一代未能实现的理想。我想这是每一个父母内心最深处的想法吧。我接受了父亲的建议。现在回想起来，我真的很感谢我的父亲！没有他的支持与鼓励，就没有我的今天。然而现在让我不解的是，我的几个年龄较长的同事经常愁眉苦脸、唉声叹气，都是因为小孩不听话、叛逆、无心学习、老师投诉等。我安慰他们说，可能这是孩子们成长中的一个必经阶段吧，迈过这个槛就好了。但我也很奇怪，为什么我那时就没有出现过这个叛逆阶段呢？

　　1999年，我收拾心情，背上行李进入了高州二中。虽说是城里的中学，但我记得那时候的校园环境比较差，课室是20世纪70年代建的，非常破旧。冬天，晚上自修课的时候，呼呼的北风就从满是窟窿的窗户吹进来，我们冷得直打战；夏天，成群的蚊子向我们疯狂进攻，而且宿舍是没有卫生间的，冲凉、上厕所都要走一段路；冬天，没有热水供应，每天的冲凉都要排很长时间的队；食堂也很挤……总之，当时各方面的条件都比较差。我就在这样的环境下度过了艰苦的三年高中生活。现在长大成人了，往往会以过来人的姿态回望过去，好奇地想，要是我没有经历过这三年的艰苦学习与生活，我现在会是什么样子的呢？尽管我们只能走出一条人生路，一切只能假设而无法证明，但有一点可以肯定的是，正是这一分艰苦造就了我坚忍的品格，是我走向成功的人生财富。

高二那年，开始选读科目，我化学成绩虽好，但真正想读的却是政治。父母认为，咱家世代为农，不识权贵，选读政治以后工作难找，学好数理化，走遍天下都不怕，坚持让我读化学以后考医科大学。现在想来，造化弄人，在我大学毕业前一直坚持学习的化学科目，竟然和我现在的工作毫无关联。

在高州二中的三年里，我一直怀着考大学的梦想踏踏实实地学习，没有丝毫的松懈，课室、饭堂和宿舍三点一线的生活虽枯燥但很充实。学习上，我最注重的是听课，并做好笔记，细细品味老师课堂上讲的每一个例子、每一段解释。如果听课效果不好，必然会影响作业的完成和课后的复习。到了总复习的时候，我把上课的笔记加上自己的理解，重新整理一次，这样对知识的脉络就比较清晰了。我合理地分配好各科的复习时间，早上复习英语和语文，第八节完成作业，晚修第一节上半段完成作业，后半段复习数学；第二节晚修前半段复习物理和政治，后半段复习化学和生物。睡觉前，躺在床上，闭目把老师上课的内容回忆一遍，这是高中那几年每天晚上我必做的事情。

2002年，我参加高考，但那一年，我并没有考上大学，达到了本科分数，却被西安的一所专科学校录取。父母认为西安太远了，怕我水土不服，开明地让我重新复读。父亲虽然没有责怪，但我分明从他眼里读到了失望。

2003年，我进入高州中学复读，这是粤西地区最好的中学。我查找了资料得知，2009年该校本A的入线率为48.6%。在这么一所高手林立的学校里，我打心底感到自卑。但我没有放弃，没有放弃理想。由于我的第一次高考分数达到了本科A线，学校把我安排到化学重点班，班上94名同学有20多名是和我一样复读的。面对陌生的学校、陌生的老师、陌生的同学、陌生的环境，我倍感孤独。那一年，除了学习我很少参加其他的活动，成绩也还算稳定，每次大考基本都排在20多名。皇天不负有心人，第二次高考我如愿了，虽然我的成绩比班上的平均分还低3分，但我还是考上了华南师范大学，跨进了大学的门槛。

记得在最艰苦的备考日子里，面对昏天暗地的书籍和演算，我仍然觉得很幸福，我明白：至少我还有吃苦的幸福。人生能有几回搏，我总是对自己说："坚持一下，再坚持一下。"终于走过来了。支撑着我走过来的，就是我心中的梦想，我并不觉得苦。

　　我想，之所以大学充满神奇魅力，是因为大学是每一位学子的向往，它的召唤冲淡了寒窗苦读的劳累；大学是一个人一生中的精神故乡，当你身心疲惫的时候，重温大学生活，它会召唤你的灵魂一次次回归；大学是一个美好回忆的发源地，不经意地碰触回忆的风铃，总让你出神地微笑。

　　亲爱的学子，还用多说什么呢，我们只有风雨兼程去赶路，朝着我们的梦想，朝着大学的方向。

【读后感】

《风雨同路人——我圆大学梦》读后感

高二（14）班　黄子欣

　　这篇文章讲述了作者凌桂涛的求学之路，读完我感触很多。"只要坚持下来，你就会成功的！"这是我读这篇文章印象最深的一句话。我想如果当时是我在面对这种情况的话，我一定没有这种毅力能一直坚持下来。鲁迅先生曾说过："伟大的成绩和辛勤劳动是成正比例的，有一分劳动就有一分收获，日积月累，从少到多，奇迹就有可能创造出来。"我们还有一年多就要高考了，快要到最后的冲刺阶段了，我只有不断地坚持、努力学习，才能成为更好的自己，才能到我想要去的地方。

我的大学梦

深圳市罗湖区建设局　车　琴

【作者简介】

车琴，深圳大学研究生，就职于深圳市罗湖区建设局。求学经历一波三折，个中滋味一言难尽。没有读过高中，五年奋斗在成人夜大，终于考取本科文凭；再数年寒窗苦读，三次考研终于如愿以偿。

当有人要求我把自己这多年来的求学路写成文字时，我心里一直充满着矛盾，老实说，自己的求学路上"磕磕绊绊"，并不足以成为宣传"典范"，作为"反面教材"倒是绰绰有余。虽然在这几年，我完成了中专—本科—研究生的"三级跳"，在旁人看来"厉害"的飞跃，个中甘苦只有自己方能体味。转念一想，如果能把我求学路上的艰辛与曲折记录下来，或许可为一些即将面临抉择、面临困境的学生，提供一个"负面典型"，通过我的"前车之鉴"，而让他们少走一些弯路，这又何乐而不为呢。

我出生在一个国有工厂，在这里成长的孩子，总是离不开工厂所营造的"生活链"，小时候读的幼儿园、上的子弟校、洗澡的澡堂子、吃饭的食堂、看病的卫生所、休闲的露天影院，应有尽有。在这种环境下长大的孩子们，似乎总存在种种极端，要么有着宏大志愿，发奋读书，考上大学，离开这里（这个占少数）；次之，上个中专，坐坐办公室；再次之，读个技校，当个技工；最差之，也可等着招工，子承父业（这也是大部分年轻人的选择）。

在我成长的那个年代，高考似乎是一件很难的事情，工厂子弟真正能考上大学的少之又少。我的哥哥、姐姐当时高考成绩都不太好，这对我的影响很大。我曾经目睹了哥哥高考失利时，在家里喝闷酒，伤心绝望之极，这也让我产生了一种恐惧高考的意识。而妈妈的话又加剧了这种影响，她当了一辈子工人，风里来，雨里去，很辛苦。在她看来，女孩子，只要考上中专就行了，至少也是国家干部，能坐在办公室里，不用四处奔波，不用风吹日晒。

初三那年，我放弃了考重点高中，全力以赴考上中专。现在看来，那时的抉择，其实就是对高考失败的一种畏惧，对现实的一种逃避。这种恐惧不是对学习过程的害怕，而是对承受失败结果的畏惧。这种逃避，让我付出了七年的代价。

读了四年中专，学的是比较偏理工的工民建专业，浑浑噩噩地毕了业，不到二十岁，我就参加了工作。我并没有如愿以偿地坐进办公室，而是被分配到生产一线，当了一名工人。两年多的时间就是泡在工地里，坐办公室对于刚毕业的我来说，是一种可望而不可即的事。不穿工作服，能穿得漂漂亮亮、干干净净、舒舒服服地待在办公室里竟是我当时最大的愿望。1999年，我所在的国企大势所趋，经济效益每况愈下。工厂大院的年轻人过着白天上班，晚上跳舞、打牌的生活。我似乎已看到十年、二十年后的平淡而又乏味、肤浅而又空虚、一天比一天没落的生活场景，一生年华似乎就这样耗尽。我发现，这并不是自己想要的生活。那一年，我作了个"大胆"的决定，到深圳去。之所以说"大胆"，是我从小就没有离开父母独立生活过，而我要去的城市，我根本不了解，也不清楚自己到底能有什么作为。

刚去的半年时间里，我借住在我舅舅安排的一个公寓，每天无事可做，我到过人才大市场，也不知自己该找什么样的工作，学历不高，电脑不熟，就连普通的文员工作都很难找到。舅舅是一位大学老师，在他看来，读书是我们这些普通人改变生活的唯一方式。他让我先参加成人高考，通过努力，还可以继续考研究生。这是我第一次听说"考研"。"研究生"这样光鲜的字眼，在我的脑海里不断闪现，似乎离我很遥远，但似乎又离我很近。我记得当时他跟我说的一句话，"考上研究生，就可以解决所有问题"。这句话，现在看来有失偏颇，但对当时的我来说，能考上研究生俨然成了我的"救命稻草"。

经过两个多月的复习，我参加了成人高考，当时成绩不错，考了本专业第二名（成人高考较为容易），数学考了一百四十多分，这个成绩，对我来说，是一个小小的鼓励，也让我看到了自己所具备的自学潜力。接下来的日子，就是长达五年的专业学习，而这种学习只能是业余的形式。因为，我要养活自己，我必须自己挣学费和生活费、付房租。我开始学习电脑，以前从未接触过电脑，甚至连开机、关机都不懂，而现在它即将成为我谋生的技能。两个多星期的电脑速学，我学会了五笔输入法，学会了制表。在舅舅的帮助下，我找到一份夜校的文职工作。白天工作，晚上上课，少了来回的奔波，工资虽不高，但有更多的时间可以学习。我选择了一个理论性和实践性都比较强的专业——会计学。如果全凭自学，难度比较大，夜大是一个比较好的学习形式。深圳大学本部的老师授课，系统教学，有助于我对专业、对课程的理解。只要消化课堂上所讲的内容，平时再花些时间，加强巩固，学习效果也是显著的。

也许有人说，成人夜大的文凭没有含金量，甚至还不如自考的文凭。在我的内心深处，也会有这种非全日制学历的遗憾，但我相信"考上研究生"能弥补这种缺憾，这种信念一直支撑着我走过整整五年的岁月。进入夜大学习的第三年，我开始对考研进行相关了解，收集材料，同时，加强了英语的学习。考研的英语相当难，很多人就是因为单科成绩不理想，而惨遭淘汰。我开始有意识地自学，背单词、背短文、看英文报纸。我参加了大学英语四级考试，第一次小试牛刀，通过了考试，拿到了四级证书。2004年1月，抱着"练兵"的想法，我第一次报名参加了研究生入学考试，总成绩不尽如人意，但公共课中英语和政治的成绩，已经过了国家分数线。通过考研，我找清了自己的薄弱所在，开始了对数学的恶补。但由于数学基础不扎实，加上夜大所学高数涉及面窄、难度小，我的数学成绩一直上不去。2005年1月的研究生入学考试，数学成绩并未提高，拖了整个成绩的"后腿"，第二次考研就此败北。我暂停了考研的想法，因为我已经面临夜大毕业，找一份工资高的工作、换一个新的工作环境的想法，似乎比考研来得更为迫切。我顺利找到一份新工作，这是一个全新的挑战，其实这也是我真正独立面对社会，工作中有很多的新东西，我必须花更多的精力投入工作。"考研梦"暂时"搁浅"。

在新单位工作了一年，研究生报名考试又将临近，停止生长的"考研梦"开始复苏。但这一次，我又面临着抉择。数学是我的"死穴"，在长达两年考研复习过程中，花在数学上的时间是最多的，可成绩却不尽如人意。如果再继续考同一专业，我必须得过数学这一关。假如，我不换专业，还在这条路上走下去，有可能只是"死路"一条。更换专业，还是放弃考试？这一次的抉择，我不再封闭自己，而是跟舅舅沟通，向学姐取经。比较了我的优势和劣势，舅舅认为我在文科方面的优势大于理科，让我改换专业。而这时离研究生入学考试只有两个多月的时间，也就是说，我要换专业的话，就要在两个月里重新学习另外两门专业课。更要命的是，我的工作非常忙碌，白天肯定是没有时间复习的，周末还有可能加班，只能利用晚上的时间学习。而每天来回将近两个小时的车程，吃完晚饭都已八点，又累又困，恨不得倒床便睡。粗略估算下，如果每晚只有四个小时可利用，六十天的时间，也就只有二百多个小时，我要学习两门新的专业课，还要巩固英语和政治，难度可想而知。

我开始制定新的学习计划，每晚留出两个小时看专业课（除了教材之外，还要涉猎其他相关的书籍）。同时，再抽出两个小时保证英语和政治的复习。那段时间，我承受着巨大的压力，毕竟这是第三次考研了，如果再考不上，也许这个梦就永远"搁浅"了。别无他念，只有"背水一战"。吃透教材，多看相关资料，提炼观点，总结揣摩，并加以记忆。复习到一定阶段，开始加强模拟训练，多做真题。时间虽有限，却让我有一种厚积薄发的感觉。而这种厚积薄发的力量，来自我五年的不间断学习累积而成的知识功底，来自无形之中不断提高的学习能力，来自无数次试错中确定的正确的学习方法。我参加了2006年的研究生入学考试，而这一次考试，终于让我在全国三百多名的考生中脱颖而出，闯入复试。我的"考研梦"实现了。

多年的辛苦努力，暂告一段落，回想自己的学习历程，可以说是一段痛并快乐的日子，过程是短暂的痛苦，而结果是持久的快乐。要在深圳这样一个城市，过着清贫的生活，来实现"大学梦"，并非易事。支撑我一路走下去，就只有自己心中最初那个"考研梦"和一路走来的不懈坚持。无论结果是成功还是失败，心中不要留有遗憾，只有去做了，我们才可以对自己说，"我做过了""我努力了"，不能让一时的逃避和恐惧，成为抱憾终身的理由。

【读后感】

《我的大学梦》读后感

——抉择与信念拼出的另一种可能人生

高二（8）班 柳铠豪

作者的经历可谓是一波三折，从中专到成人夜校，再到考研成功，其中投入的时间与精力是我无法想象的。

只是，我从作者娓娓道来的故事中，读出了一些我的想法。

1. 抉择的次数与频率及时间成正比

在决心参加成人高考甚至考研之前，作者作出了一系列的抉择，选择了畏惧与逃避，选择了中专，又选择了高考，还选择了工作，最后选择了重回书桌。

随着年龄的增长，面临的是成为成年人，面临养活自己、组建家庭，还有赡养父母的责任，多重困难压着作者的背，所以选择的次数和频率增加，但力求改变带来的选择也让作者完成了从"丑小鸭"到"黑天鹅"的蜕变，这也告诉了我们"事物的发展过程是前进和曲折的""量变是质变的必要条件"。

还有，我从作者漫漫求学路中读出的是作者的些许自责。因为选择了逃避，去考中专，作者不知走了多少弯路，在现在看来这些也有可能是可以避免的。这也告诉了我们要树立高远的但切实的目标，不要遗憾过后再来弥补。

2. 信念驱动我们身体的潜能

作者的六十天奇迹，除了平时的积累之外，我认为信念起到了巨大的作用。没有"梦"，就没有支撑作者走下去的信念。难能可贵的不仅是作者的求学毅力，更是作者追求另一种人生的坚定信念，她不断告诉着现在或者未来迷茫的人：将所有看似不可能的挑战，用信念的脊梁撑住！

总的来说，作者并没有以"过来人的姿态"苦口婆心地告诫学生要上大学、要努力学习，而是单单陈述自己的求学经历，以真实性打动人，既鼓舞了学生，也告诉了读者"以选择改变命运，靠信念一路向前"的个人经历。